D0650526

Paris - Saint-Louis du Sénégal

Les Éditions du Vermillon reconnaissent l'aide financière
du Conseil des Arts du Canada,
du Conseil des arts de l'Ontario, de la Ville d'Ottawa,
et du gouvernement du Canada (Programme d'aide
au développement de l'industrie de l'édition, PADIÉ, du
ministère du Patrimoine canadien) pour leurs activités d'édition.

Le Conseil des Arts du Canada depuis 1957 — The Canada Council for the Arts since 1957

ONTARIO ARTS COUNCIL
CONSEIL DES ARTS DE L'ONTARIO

Ottawa

Patrimoine canadien   Canadian Heritage

Catalogage avant publication de Bibliothèque et Archives Canada
Grosmaire, Jean-Louis
Paris-Saint-Louis-du-Sénégal : roman / Jean-Louis Grosmaire.
(Collection Romans. Série Jeunesse ; 37)
Pour les 10 ans et plus.
ISBN 1-897058-15-2 I. Titre. II. Collection.
PS8563.R595P373 2005   jC843'.54   C2005-900736-2

Sur la couverture
Le Loup et les masques, **Mathieu Legault**
Photographie de l'auteur, **Patrick Woodbury**
(La Presse, 5 septembre 2004)

Les Éditions du Vermillon
305, rue Saint-Patrick Ottawa (Ontario) K1N 5K4
Téléphone : (613) 241-4032 Télécopieur : (613) 241-3109
Courriel : leseditionsduvermillon@rogers.com
Distributeurs
Prologue au Canada
1650, boulevard Lionel-Bertrand Boisbriand (Québec) J7H 1N7
Téléphone : (1-800) 363-2864 (450) 434-0306
Télécopieur : (1-800) 361-8088 (450) 434-2627
Albert le Grand en Suisse
20, rue de Beaumont,CH 1701 Fribourg
Téléphone : (26) 425 85 95   Télécopieur : (26) 425 85 90
Librairie du Québec en France
30, rue Gay-Lussac, 75005 Paris
Téléphone : 01 43 54 49 02   Télécopieur : 01 43 54 39 15
ISBN 1-897058-15-2
COPYRIGHT © Les Éditions du Vermillon, 2005
Dépôt légal, deuxième trimestre de 2005
Bibliothèque nationale du Canada

JEAN-LOUIS GROSMAIRE

PARIS – SAINT-LOUIS
DU SÉNÉGAL

ROMAN

 Vermillon

Merci à

Michel Bouffard
Hervé et Nathalie Fayolle
Jeremy Gagné-Fraser
Liliane Fery-Pinard
Hélène Leseure
et son amie africaine

« Lorsque j'étais petit garçon, j'habitais une maison ancienne et la légende racontait qu'un trésor y était enfoui. Bien sûr, jamais personne n'a pu le découvrir, ni peut-être même ne l'a cherché. Mais il enchantait toute cette maison.

Ma maison cachait un secret au fond de son cœur. »

Le Petit Prince
Antoine de Saint-Exupéry

à Hélène
Pierre
et Anne-Marie
en souvenir de notre enfance africaine

Pensées affectueuses
à Chantal Kany
et à Touille

Chapitre premier

Nuit bizarre

T out commence de façon ordinaire. Il pleut sur Maisons-Alfort, banlieue est de Paris. Je suis dans notre appartement de Château-Gaillard, un groupe d'immeubles entourant un vaste parc. Il y a la Marne, calme rivière, les arbres, les chats des caves, sympathiques minous, le lycée, les copains. Je ne peux pas l'oublier, il y a aussi l'Agneau, mon jeune frère, toujours dans la lune, mais curieux de tous mes faits et gestes. L'Agneau est une sorte d'espion, bien gentil et agaçant. Mes parents? Rien à redire. L'Agneau et moi les avons bien élevés, bonne entente entre les quatre. Papa est sévère, en apparence. Il faut lui obéir, et il devient compréhensif. Notre mère, perpétuelle inquiète, veut toujours savoir où nous sommes. Elle déteste que je rentre tard. Dans le fond, j'y vois une preuve d'affection, pour elle nous serons toujours des bébés.

Il pleut sans fin. Pluie de printemps. Que faire? J'ai lu tous mes livres. J'ai fini mes devoirs.

J'ai appris mes leçons. La télévision m'ennuie.
Subitement, j'y pense! Nous sommes vendredi,
rien de spécial n'est prévu par nos parents pour
ce week-end. Oui, j'y pense de plus en plus, il y
a le grenier de l'oncle Jean!

Lui, c'était un baroudeur, un vrai broussard
d'Afrique. Il est décédé il y a un mois. Nous avons
tous éprouvé de la peine, même si nous, les
enfants, nous ne le connaissions pas vraiment.

C'était un oncle toujours en voyage. L'unique
frère de notre père, son cadet, dont il nous parle
si peu, est pour nous un être mystérieux. Nous
n'avons jamais demandé à nos parents les raisons de leur silence sur notre oncle. J'ai l'impression que mon père et El Nan avaient des
personnalités trop fortes et peu compatibles,
qu'ils ont dû souvent se fâcher quand ils étaient
jeunes. Ce doit être pour cette raison qu'ils se
voyaient peu. Pourtant, lorsqu'ils se rencontraient, ils ne semblaient pas du tout en froid,
au contraire. Ils rigolaient, fêtaient. Je me souviens aussi que, parfois, ils devenaient très sérieux, sombres même, et notre mère nous invitait
poliment à aller nous coucher.

L'oncle avait hérité de la maison de nos
grands-parents, rue Roger-François, à quelques
minutes de chez nous. Depuis sa mort, la maison est vide. Elle n'est pas à vendre, mes parents
parlent parfois de la succession, des histoires de
notaire. Je ne comprends rien à ces trucs. J'ai

quatorze ans et je considère souvent que ma maison, je l'ai sur le dos, c'est mon sac! L'essentiel s'y trouve : lampe de poche, carnet, crayon, (je note tout), mouchoirs, une gourde, un coupe-vent, un pot de Nutella (faut pas mourir de faim et autant avoir d'exquises réserves!)

– Est-ce que demain, je peux aller chez Jean?

– Oui, le Loup, profites-en pour ouvrir les fenêtres, aérer un peu et vider la boîte aux lettres toujours encombrée de prospectus.

– D'accord, j'irai demain.

– Je peux y aller aussi?

L'Agneau a une voix agaçante, mais bon, c'est mon frère. Ma mère me sonde du regard. Je hausse les épaules. Le ruban adhésif viendra avec moi. Cela m'arrange, parce que, je n'ose le dire, mais cette maison me paraît hantée. L'Agneau pourra me donner un coup de main s'il m'arrive quelque chose. Une fois, la maison a été graffitée. Une autre fois, elle a été visitée. Par qui? On l'ignore. Les gens ont cassé le soupirail, ouvert une fenêtre, et hop! Ils ont fait le tour complet! Le plus étrange c'est, qu'apparemment, ils n'ont rien pris. Les voisins ont remarqué des ombres et prétendent que les cambrioleurs étaient des blancs et des noirs. Des voleurs qui partent les mains vides, selon moi, ce ne sont pas des voleurs. J'ai trouvé cela bizarre. C'était il y a deux semaines.

Cette nuit, le sommeil tarde à venir. Lorsqu'il me rejoint, ce n'est pas mieux. Les cauchemars

se succèdent. J'ai eu la mauvaise idée de me
rappeler ce que je savais de l'oncle Jean, le mystérieux oncle Jean.

Comme je l'ai déjà mentionné, nous ne
l'avons pas vu souvent, nous les enfants. Pour
moi, c'était un géant, un mètre quatre-vingt-dix
de muscles. Le dos légèrement voûté, les paluches
telles des raquettes, il nous impressionnait. Sa
stature, ses yeux ardents, son accoutrement :
chemisette et pantalon kaki, tout en lui nous
intriguait. Son métier? Prospecteur. Ayant acquis
une formation de géologue, il quitta la France
pour parcourir le monde. De temps à autre, nous
recevions une carte au timbre rare, paysage
d'Australie, de Tasmanie, d'Asie et d'Afrique. Il
bourlingua ailleur, en Amérique latine notam-
ment. L'Afrique fut sa terre de prédilection.
Lorsque nous le rencontrions, il décrivait les
fleuves gigantesques, les chutes vrombissantes,
les forêts menacées, les animaux pourchassés,
les gisements inaccessibles, les compagnies gour-
mandes, les populations fascinantes, mais bous-
culées, malmenées, appauvries. À ces dernières
évocations, il s'enfonçait dans la tristesse. Notre
père le secouait, lui offrait un verre, blaguait,
et l'oncle, plus lentement, repartait dans son
discours. Il nous expliquait le choc des cultures,
je ne comprenais pas tout son discours. Il racontait les soirées au coin du feu dans les villages, les veillées auprès des sages, les palabres,
la transmission du savoir, les danses, les arts.

Son monde, il le partageait; sa passion, il la communiquait. Nous imaginions ses voyages, ses paysages, ses rencontres. Il nous portait une attention particulière, à nous ses uniques neveux. Il restait muet sur sa vie sentimentale, vague sur ses relations de travail. Nous ne lui connaissions pas d'amitié. En fait, il y avait deux personnes en lui : le voyageur, le passionné, et le replié. Notre oncle était un homme mystérieux, attachant.

Toute la nuit donc, j'ai voyagé aux côtés de l'oncle Jean. Nous l'appelions Jeannot, puis Nano, finalement El Nan, le surnom qui lui resta. Lors de ses rares visites en France, il nous contait, le soir, à l'Agneau et à moi, des histoires ahurissantes de chercheurs d'or, les orpailleurs, de diamants, de fiers animaux sauvages, de bandits, de toutes nationalités et origines, êtres sans foi ni loi, qui rôdaient jours et nuits autour de lui. Nous tremblions. J'en frémis encore. Cette nuit, des rivières, j'en ai descendu! J'en ai grimpé, des collines couvertes de lianes et de fougères géantes. J'en ai traversé des plaines infestées de moustiques et de mouches tsé-tsé. Je suais en parcourant des savanes brûlées. La soif me tiraillait sur des plateaux en feu.

— Paresseux! Monsieur dort, fainéant! On profite des vacances de Pâques pour traîner au pieu!

Je me réveille. L'Agneau se promène dans ma chambre en crânant!

– J'ignore en compagnie de qui tu as passé la nuit, mais d'après ton visage, vous ne vous entendiez pas.

Il a l'ironie facile, le frangin.

– C'est beau, c'est bien, à plus tard.

– Monsieur s'élève de mauvais poil et se montre insensible à l'humour brillant de son petit frère adoré!

Là, il me tape vraiment sur les nerfs. Je lui fais signe de s'éloigner de ma noble couche.

– Pas « s'élève », « se lève ». Assez!

Il file dans le couloir. Quelle nuit! Que de folie! J'en ai le cerveau et les yeux embrouillés.

– Si je peux me permettre, honorable grand frère, vous mettez trop de chocolat dans votre lait ou, si vous préférez, trop peu de lait dans votre chocolat.

Il m'agace! Je l'invite à aller voir ailleurs si j'y suis. Cela le vexe.

– Tu as sale mine ce matin, mon chou.

Je m'y attendais, c'est ma mère.

– Mal dormi?

– J'ai rêvé à El Nan. On avait prévu d'aller chez lui aujourd'hui.

– Oui et alors?

– Toute la nuit se sont enchaînées d'étranges histoires, du genre de celles qu'il nous racontait. Est-ce que cela existe, des communications avec l'au-delà?

– Ce sont des sornettes.

– Ben, moi, je connais quelqu'un qui dit que Victor Hugo, il parlait aux défunts.

– Pas tort l'Agneau, on prétend cela.

La remarque de mon père gonfle l'Agneau d'orgueil.

– Qu'est-ce qu'il te racontait, El Nan? me demande gentiment mon père.

Je réfléchis. Ce matin tout était dans ma tête, confus mais présent. J'aurais dû noter mon rêve dès le réveil. À présent, les idées me fuient une à une.

– Ben, euh...

– Il t'envoyait des messages?

– De nombreux messages! Il y en a un qui revenait toujours : «Prudence, le Loup, prudence! Afrique, mon amour, Afrique, mon amour, Sénégal sans égal, d'accord, Dakar, Saint-Louis, ma vie. Or, d'accord, Dakar, amant, diamant.» Rien que des mots comme ça, sans lien.

Mon père se gratte le menton, relève sa mèche. Ma mère me touche le front.

– Non, tu ne fais pas de température.

Je soupire.

Sur une belle tranche de pain, j'étale une onctueuse couche de Nutella.

– Pas trop, me sermonne maman.

Je lui pardonne. Nos parents sont extra. On peut leur parler de tout. Ils nous écoutent, parfois distraitement. Nous avons de la chance. Il faut dire, comme je le mentionnais plus haut, que nous les avons bien éduqués. Les parents, il faut les prendre dès le début et ne pas relâcher. Nous, les mômes, on joue le respect et la franchise; eux de même.

– Vraiment spécial, fiston. Tu te souviens, la dernière fois que nous avons vu El Nan?

– Oui, très bien. Il portait ses pantalons de broussard, ses pataugas, sa chemise à multiples poches, tout en kaki.

– C'est vrai, je ne me rappelle pas ces détails.

– À quoi faisais-tu allusion, papa?

– Aux mots que tu viens d'énumérer. C'est lui tout pur. Ce sont les termes qu'il a employés durant sa dernière soirée ici. Pendant que vous dormiez, il nous a parlé de ses aventures périlleuses et il semble que tu aies tout enregistré.

– Pourtant, j'étais dans ma chambre. Pourquoi cela sort-il maintenant de mon esprit?

– Le subconscient, le Loup. La nuit, ton cerveau se repose et recompose les informations.

L'Agneau observe papa avec perplexité. Il doit s'étonner que j'aie un cerveau.

– Le fait que vous ayez l'intention de visiter la maison d'El Nan aujourd'hui t'a mis en alerte. Tu as rassemblé les éléments sous-jacents et recomposé la trame imprégnée de rêves et de réalité.

L'Agneau est dépassé par l'analyse paternelle. Moi, je ne comprends pas tout. Il faut laisser aux adultes l'illusion de l'intelligence!

– Je pourrais évoquer des ouvrages sur l'onirisme, mais je m'arrête là. Pour résumer, tu viens de faire un rêve étrange.

– Ouf! soupire l'Agneau.

Papa s'esclaffe devant le visage rassuré du frangin.

– Tu l'avales ton choco, qu'on y aille dans la bicoque d'El Nan!

– Pas une bicoque, corrige ma mère une résidence.

– Il n'y a pas résidé longtemps, le tonton!

– Exact, quelques années d'enfance et quelques mois d'adulte, pas plus. Il a été élevé dans cette maison. Lorsqu'il en a hérité, il en a peu profité. Cette maison était un pied-à-terre.

– L'autre était posé où?

Ma mère reluque le frérot.

– En Afrique, l'Agneau. El Nan entreposait ses affaires dans cette maison. Comme tu le sais, il y est décédé subitement il y a un mois. Selon ses dernières volontés, son corps a aussitôt été rapatrié et notre oncle a été enterré au Sénégal. Tout s'est passé très vite. Nous n'avons même pas eu le temps de nous rendre là-bas aux funérailles. Sa compagne nous a appelés, elle nous écrit fréquemment, nous sommes en relation avec elle, il y a tant de paperasses notariales à régler.

– Bon, nous on va au travail. Profitez bien de votre journée de congé. Rendez-vous ce soir, les enfants. Je passerai un coup de fil à midi. Vous revenez ici pour manger?

– Oui, maman, t'inquiète pas.

Je la rassure toujours un peu. Je crains qu'elle nous offre bientôt des portables, ainsi nous aurons le fil à la patte.

Les parents s'en vont, nous aussi.

– T'as pas bien fermé la porte de l'appartement, le Loup?

Ça, c'est mon frère. Il vérifie tout vingt fois. Un perpétuel stressé. Une chose que je ne lui ai pas dite : inspecter la maison du tonton, même en plein jour, m'inquiète.

Après ma nuit bizarre, il me semble que je fais les mauvais pas vers un mauvais destin. Il est toujours temps de revenir en arrière. Les rues déjà défilent. Nous portons nos sacs à dos qui contiennent le nécessaire habituel de survie. L'Agneau avance d'un pas décidé.

Il chantonne, une adaptation de son cru :

Il était un bon tonton
Pirouette cacahuète
Il était un bon tonton
Qui avait une drôle de maison
Qui avait une drôle de maison
Sa maison est à Maisons
Pirouette cacahuète
Sa maison est à Maisons
Pirouette cacahuète...

Je ne le félicite surtout pas, il va croire qu'il faut continuer à nous polluer les oreilles, et lui, quand il a un air dans la tête, c'est pour longtemps, pour nous aussi, hélas!

Je traînasse. Je réfléchis.

– Ça ne va pas, le Loup?

– Si, si.

Au fond de moi, une peur grandit. Impossible à expliquer. Les cauchemars de la veille se sont estompés, il me reste cependant un goût amer. Trop tard, nous voici devant la maison.

Chapitre deux

Les Almadies

– Les maladies? Quel drôle de nom pour une maison!

– Les Almadies, l'Agneau, c'est le nom d'une plage de Dakar.

– Comment sais-tu cela?

– Auparavant cette maison n'avait pas de nom. Nos grands-parents donnèrent à chacun de leurs enfants une partie de leurs biens. Papa hérita d'actions et d'un montant d'argent, notre oncle de cette maison. Je lui avais demandé ce que le mot «Almadies» voulait dire et il me l'a expliqué.

– Ainsi, tu devins savant!

– Et toi ironique. Le nom de la rue lui aussi me paraissait étrange : Roger-François, deux prénoms. Comme je te le disais, El Nan séjourna peu de temps dans cette maison.

– Il y a des fantômes?

Cette remarque de l'Agneau me glace. La maison n'est pas différente des maisons voisines. Comme les autres, on y accède par une petite porte métallique qui conduit au jardin et, à gauche, à l'entrée principale. De l'autre côté de la maison, un portail permet aux voitures de descendre au garage, qui est au sous-sol. La maison n'a qu'un seul niveau au-dessus du garage, pas d'étage, mais un grenier assez vaste.

Tout est calme. Trop même. La clé grince sous mes doigts dans la serrure rouillée. Comme maman nous l'a recommandé, je vide la boîte aux lettres. Prospectus de quincaillerie, publicités et cartes de visite du marabout du coin. L'Agneau visite le jardin.

– Ouah!

– Qu'est-ce qu'il y a?

Il ne répond pas. Je jette les papiers dans un bac de recyclage déjà plein.

L'Agneau s'aplatit sur la pelouse.

– Que fais-tu?

– Chut! Regarde!

Je me penche. Il pointe le doigt vers la remise. En dessous, je découvre une chatte et des minous noir et blanc. Ils tètent avidement leur mère. Dans la remise, j'aperçois un panier et une couverture; à côté, un bol d'eau.

– Ils sont superbes!

– Laissons-les tranquilles.

L'Agneau les quitte à regret, moi aussi : j'aime beaucoup les animaux. Dommage, on ne peut en avoir dans l'appartement, il est trop exigu. Ils seraient prisonniers là-haut.

Je me retourne, j'observe la maison. Les volets clos, elle paraît sévère, inquiétante même. Les murs foncés sont bordés de pierres sombres. Heureusement, deux palmiers plantés par nos grands-parents, luisent au soleil. Ces palmiers ont survécu aux hivers parisiens. Je me souviens qu'El Nan me confiait qu'ils lui rappelaient son Afrique tant aimée. Nous ne sommes pas revenus dans cette maison depuis le décès de notre oncle, il y a un mois, lorsqu'en présence de notre petite famille, les pompes funèbres l'ont emporté vers son pays de cœur. Nous n'étions jamais seuls ici, j'ai donc l'impression de visiter les lieux pour la première fois. Est-ce raisonnable d'y retourner deux semaines seulement après un cambriolage? La pluie ou le destin m'ont poussé là, ou bien, je devrais l'admettre, mon excessive curiosité.

Nous quittons les minous, en direction de la porte d'entrée. Tour de clé. Cela bloque. J'insiste. Rien à faire. J'examine la serrure. Elle a été forcée. Une partie du métal brille.

Je me rends à la porte du garage. Je ne trouve pas la bonne clé. Depuis la remise, la chatte me guette. Les minous batifolent autour d'elle.

Tiens! Une vitre cassée au panneau de la porte. On peut glisser le bras et atteindre le verrou et hop! on entre dans le garage. Je prends une chaise de jardin, je tends le bras, je me méfie des éclats de verre. Le verrou glisse sous mes doigts. Je tente de l'agripper. Pas facile. Au même instant, l'Agneau appuie sur la poignée et la porte s'ouvre aisément! Il triomphe.

– Elle n'était pas fermée à clé! Il suffisait de la pousser.

Je passe sur les réflexions narquoises d'un frangin en quête de valorisation, comme dirait mon prof de géographie qui a aussi le sens de l'humour, ce qui peut arriver à certains profs.

L'Agneau, plein d'initiative, allume. Tout est en ordre dans le garage. C'est-à-dire pêle-mêle, vieux tapis roulé, cartons de bouteilles vides, vélo antique, pneus fatigués, boîtes de livres poussiéreux, bidon d'essence, paires de skis préhistoriques, bocaux sans cornichons ni confitures ni haricots, toiles d'araignée et, trônant au milieu, majestueuse dans sa simplicité métallique, la vénérable 2 CV Citroën.

– Elle est encore luisante, dit l'Agneau en caressant une aile.

Cette voiture fait partie de la famille, elle fut la fidèle compagne de deux générations. Attaché aux objets, en qui il trouvait parfois une magie, notre oncle astiquait la Deuch à chacun de ses séjours en France.

Je monte l'escalier. Nous avons de la chance, la porte d'accès au rez-de-chaussée n'est pas fermée à clé.

Nous voici enfin dans l'étroit couloir d'entrée. Cela sent le moisi. Le plancher pleure sous nos pas. J'allume.

Tout semble en bon état. Je pénètre dans le salon. Un filet de lumière s'infiltre entre les volets. Nous ouvrons les fenêtres, rabattons les volets contre le mur. L'air printanier s'engouffre dans la maison. Elle respire de nouveau. Depuis son panier de la remise, la chatte nous observe. J'ai l'impression de capter un message du style : «Vous devriez habiter là et nous adopter, tout le monde serait heureux.» Les palmiers se dilatent sous le soleil léger. Ces palmiers, en pleine banlieue, me dépaysent totalement. L'humidité qui suinte du papier peint me rappelle soudainement que nous sommes en France. J'examine le salon; quel décor!

Des masques sont accrochés à tous les murs. Certains masques sont impressionnants, inquiétants même. Leurs yeux nous suivent dans nos mouvements. Masques garnis de poils ou de cheveux, de lianes, yeux d'agate, tissus mâchés, triturés, tresses enduites de graisse, bois imprégné de cirage : tout répand une odeur forte, comme du suint de bouc, mélangé à du patchouli. Sur les petites tables du salon, des cendriers en bois noir, en pierre, des boîtes couvertes de cuir rouge travaillé et des statuettes dialoguent avec les tableaux colorés représentant des scènes de village, des forêts denses, des gazelles dans les hautes herbes.

– C'est comme si El Nan était encore là, ça fout la trouille.

La voix de l'Agneau tremblote. Je ne montre pas mon inquiétude.

– Penses-tu qu'un fantôme rôde ici?

– Ben non! De qui d'abord?

Mon frère a l'art de vous paniquer en quelques mots.

– D'El Nan ou de nos grands-parents, ou même de quelqu'un de la maison, d'avant.

– Impossible!

Je prends mon ton le plus ferme.

Chambre à coucher. Est-ce le creux du corps de notre oncle sur le lit? Je m'empresse d'aller ouvrir la fenêtre et les volets de la chambre. Je retiens mon souffle. Il y a une senteur spéciale ici. Pas mon genre. Autre chambre : c'était celle de nos grands-parents. Comme dans la première, on ne trouve que des objets africains, mais, cette fois-ci, pas de masques : des batiks, des toiles tissées, des nattes, des bibelots, des statuettes et des plumes de paon.

L'Agneau me suit pas à pas. Du grenier nous parviennent quelques bruits légers. J'essaie de me raisonner. Sommes-nous seuls dans la maison? Une porte couine, puis claque violemment.

– Aaah! hurle l'Agneau.

Je cours vers la porte. Ouf! Rien qu'un courant d'air. L'Agneau reprend des couleurs : du blanc, il passe au vert.

– J'ai envie d'aller aux w.c.

– Ben, ne te prive pas. C'est à gauche.

Il ouvre la porte des cabinets.

– Hein!!!

– Qu'est-ce qu'il y a encore?

– Regarde, ils n'ont pas tiré la chasse d'eau, ça pue!

– Quelle horreur!

Le nez bouché, nous nous précipitons en bas, dans le salon, et nous nous penchons à la fenêtre.

– Je vais caresser la minette.

– Attention, elle n'appréciera peut-être pas, elle va défendre ses petits. D'ailleurs, tu peux rester dans le jardin, si tu as la trouille ici.

– Moi? Jamais! Pas la trouille!

Je retourne tirer la chasse. Comment un goujat peut-il laisser des traces aussi dégoûtantes? On reprend le chemin du grenier. Nous grimpons lentement l'escalier bateau. J'ouvre la trappe, quel univers!

Chapitre trois

Bazar au grenier

D'habitude, lorsqu'on ouvre une porte, on sait à quoi s'attendre. Ce ne fut point le cas, comme dirait mon père, qui s'exprime bien; il lit *Le Monde*.

Quel charivari!

Dans la pénombre des soupiraux, nous découvrons un amoncellement d'objets et de meubles aussi bien rangés qu'après la furie d'un cyclone.

J'allume.

– Wow! wow! lâche l'Agneau.

– Eh ben! que je lui réponds en écho.

Nous reculons d'un pas, examinons de nouveau la scène.

Des chaises brisées, éparpillées, de vieux tableaux cassés, des toiles déchirées, un casque colonial écrasé, des cantines martelées; des vêtements jonchent le plancher, parmi des livres effeuillés, des gravures crevées; il y a des fleurs artificielles piétinées, des tas de journaux dispersés, des vases détruits.

– Wow, wow, répète mon frère.

Je réfléchis. Sur la serrure de la porte d'entrée principale, j'avais noté des traces d'effraction. Pourtant la maison est en bon ordre, ou en honnête désordre, sauf ici, au grenier, où les intrus se sont déchaînés. Parce que pour bouleverser ainsi un grenier, il faut être plusieurs! Oups! mes sens sonnent l'alarme. Je frémis. Pourquoi le grenier? Que cherchaient-ils ici? L'ont-ils trouvé? Peut-être pas, vu la rage à tout détruire.

– Bizarre de bizarre, murmure l'Agneau.

Vlan!

On sursaute en même temps, on se regarde et on détale.

C'est encore la porte d'en bas, qui est dans le courant d'air. On retourne au grenier, mais l'ardeur n'y est pas.

– Je préfère rester dans le jardin, me confie l'Agneau.

– T'as peur.

– Non, euh, la chatte s'ennuie.

– Bon! J'y vais. Tu surveilles. S'il y a un problème, genre types étranges, tu m'avertis.

– O.K.!

Je remonte l'escalier étroit. Nous sommes les premiers à visiter le grenier après le passage des vandales. J'enjambe le fatras. C'est fou, ce que l'on accumule dans ses combles. Au moins deux générations y ont déposé des objets «au cas où», «on ne sait jamais», «cela pourrait servir», «ce sera pour les enfants», «j'y tiens», «s'il y avait une guerre». La poussière couronne les souvenirs. De grosses araignées parcourent un livre. Elles ne me font pas peur, je n'en tue jamais. Lorsque j'en trouve, je les relâche indemnes dehors. Elles sont utiles, sous nos latitudes. Attention, méfie-toi, le Loup, celles-ci sont peut-être africaines, transportées dans les bagages!

Une pirogue en bois, longue comme mon bras, a échoué sur un fauteuil. Comment ce siège a-t-il pu se rendre si haut par un escalier si petit? Une pile d'anciens *Paris-Match*, sans intérêt pour les visiteurs. Les meubles, oui, ils les ont fouillés. Les tiroirs pendent, les étagères ont été ratissées, les statues examinées : facile à voir, elles portent des traces récentes de coups de couteau, à la base ou en arrière, comme si on avait voulu en extraire quelque chose. Étrange manie de maniaques! Mon inquiétude s'amplifie. J'arrête où je continue? La curiosité l'emporte. Les livres ont été secoués, sauvagement feuilletés. Mais que cherchaient donc ces gens? Un objet, un document, une antiquité rare? Pourquoi avoir taillé statues et bibelots en bois?

Éparpillées sur le plancher, des cartes topographiques ou géologiques côtoient des fossiles, des cailloux, des traités de géologie, des boîtes de cailloux; tout est pêle-mêle. Comme il en a rapporté, des échantillons, mon oncle! Un vrai musée! Tout était emballé, délicatement placé dans des malles, posé ici pour être contemplé durant les vieux jours, qu'il ne connaîtra jamais. El Nan serait décédé d'une maladie tropicale; était-ce un empoisonnement? Quelqu'un l'a-t-il tué à l'aide d'un poison fatal? Nos parents ont évoqué cette hypothèse dans la plus grande discrétion. En principe, nous les enfants, n'avons rien entendu. Nous, les jeunes, ne connaissons presque rien de la vie de notre oncle.

La dernière fois que nous l'avons vu, il y a un peu plus d'un mois, son visage avait la teinte de sa chemise, kaki, vert olive. Il affichait des traits tirés, des yeux fiévreux. Le pauvre, un soir, il s'est couché, il n'a pas vu l'aube. Ces souvenirs me hantent, ou plutôt, la maison est-elle hantée? Les jours ultimes, comme s'il avait deviné son destin, l'oncle avait l'air pressé, anxieux. Il répétait qu'il avait des «affaires complexes à régler», que «cela ne serait pas facile», qu'une «ombre maléfique planait sur lui».

Quand il est parti pour l'au-delà, nos parents nous ont expliqué qu'il avait des «prémonitions». Il a été inhumé au Sénégal, selon ses volontés. Ce fut son dernier voyage. Nous ne l'avons pas accompagné longtemps : une courte messe et le corbillard s'en allait à l'aéroport. Puis, nous n'avons presque plus parlé de notre oncle. Nos parents, lorsqu'on évoquait notre oncle, retenaient leurs larmes. Cela remuait trop de souvenirs. Chacun sa vie, son passé. Nous sommes jeunes et nos bagages sont légers; eux, leur mémoire est encore blessée. Alors, laissons les douleurs s'endormir et nos questions de côté.

    – T'es encore vivant?

    – Oui, tu peux venir.

L'Agneau me rejoint. Je lui montre l'état des statues.

    – On dirait qu'elles ont été creusées.

    – Tu ne remarques rien d'autre?

    – Ben, quel cirque là-dedans!

    – Oui, pis?

    – Rien!

    – Ils ont ouvert les bouquins, regarde : ils ont même tourné les pages des agendas; voici les taches de leurs gants sales.

    – Donc, pas d'empreintes digitales?

    – Dur à dire.

    – Ils n'ont rien pris?

    – Va savoir...

    – Les agendas?

    – Peut-être.

Une dizaine d'agendas traînent sur le plancher. Nous les ramassons. Ils ont tous le même format, et ils sont noirs.

    – Tiens, celui-ci semble le plus vieux : 1990.

Je survole. El Nan notait la température, ses destinations, les noms ou ceux qu'il rencontrait, la pluie, les tornades, les vents de sable.

    – Si tu commences à lire, on n'a pas fini.

    – Regarde, le Loup, ma collection avance : je suis en 1997.

– Ils cherchaient quelque chose dans les agendas et dans les statues. Ils n'ont pas dû trouver, d'où le saccage.

– Possible. Et si le secret n'était ni dans les agendas, ni dans les statues, ni dans le grenier?

Cette question de l'Agneau me rend perplexe.

Subitement, on entend un gémissement d'enfant. J'observe l'Agneau, son visage est couvert de poussière et ses doigts sont sales. Les pleurs se répètent. On déboule aussitôt l'escalier. Qu'est-ce qui se passe en bas?

Un matou en chaleur pleurniche, comme un enfant arraché du sein de sa mère. Ma comparaison est audacieuse –, un cliché, je le reconnais, mais les cris sont vraiment ceux d'un enfant qui pleure à vous fendre l'âme. C'est plus qu'un matou, presque un lionceau. Ici, tout s'harmonise avec l'Afrique : nous avons les palmiers, les félins; ne manquent plus que les tam-tams. Les voici! Une rangée de tam-tams nous attend le long du mur : des petits, à placer sous le bras, d'autres plus imposants pour les cérémonies, posés sur le sol humide du garage. Méfiant, le matou tourne autour de la porte du garage. Puis il y entre; la queue relevée, il se frotte contre les pneus de la Deuch. Il nous observe, asperge copieusement d'urine la roue; pas besoin de lever la patte, technique et pose originales. Maintenant, il galope après la minette indifférente. Elle a à s'occuper d'assez de monde, qu'il aille courir plus loin. D'après sa couleur, il est sûrement le père de la trépidante progéniture qui ne cesse de quémander du lolo.

Nous fouinons dans le garage, vrai royaume pour brocanteurs : vieilles plaques minéralogiques, valises aux roulettes rouillées, tapis mités, boîtes de livres, dont des *Lagarde et Michard*, je les reconnais, mon père en a une collection, tous les siècles de la littérature. S'ajoutent des encyclopédies, des râteaux, pelles, seaux, un masque à gaz, modèle 1945 au moins, le vélo, genre ultralourd et increvable.

J'admire la Deuch, aux ailes arrière discrètes, aux phares proéminents, un peu batraciens, aux fenêtres à rabat, à petites poignées, avec sièges aux ressorts fatigués. J'ouvre la porte avant : un paquet de *Gauloises* vide, une odeur de moisi et de souris, qui a peut-être attiré le matou en plus de la chatte! Je m'assieds, pose les mains sur le volant. Cela devait être fatigant de tenir ce métal sobre pendant des kilomètres. Je jette un coup d'œil dans le coffre. Et là! L'Agneau, comme moi, reste bouche bée. Devant nous s'étale une rangée d'agendas. Nous ouvrons le plus récent, il s'arrête trois jours avant sa mort! Qui a placé ces agendas dans ce coffre et pourquoi?

Deux petits colis ficelés dans du papier beige attirent notre attention. Sur l'un est inscrit au feutre bleu «Pour le Loup» sur l'autre «Pour l'Agneau».

– Des cadeaux! El Nan voulait sûrement nous les offrir! s'exclame l'Agneau.

– On ne le connaissait quand même pas beaucoup. J'aimerais qu'il soit là, en ce moment. On croit toujours les gens éternels, trop tard.

L'Agneau tire sur la ficelle et arrache le papier.

– Wow! Quelle merveille!

Il me montre un pendentif et sa chaîne en petites boules de bois. Le pendentif, noir luisant, représente une gazelle stylisée, magnifique! L'Agneau accroche le pendentif à son cou et s'admire dans le reflet des vitres de la 2 CV.

– Toi, qu'est-ce qu'il t'a donné?

Je déficelle mon paquet. Gentil notre oncle, d'avoir pensé à nous.

– Pis?

– Un ceinturon, regarde!

– Jamais vu d'aussi beau!

J'admire le travail du cuir. Le ceinturon est lisse et souple. La boucle est en métal. Deux lanières de cuir, cousues ensemble, sûrement à la main, donnent à ce ceinturon une épaisseur inhabituelle et une solidité sûrement à toute épreuve.

– Oui, c'est unique! Jamais je n'en ai vu un comme celui-là!

Je le passe dans les boucles de mon short : parfait, ma taille exacte.

– Il nous a gâtés, le tonton.

– Oui, le Loup, dommage qu'on ne puisse le remercier. Il n'a pas eu le temps de nous les remettre lui-même, cela les rend encore plus précieux.

– Imagine l'étonnement de nos parents.

– Il n'y a rien pour eux?

– Peut-être les agendas?

Nous nous taisons. Des pas sur le gravier, quelqu'un vient vers nous. L'Agneau se planque derrière des boîtes. J'avance discrètement dans l'allée. D'après les bruits, il y aurait deux personnes, pesantes. Le matou déguerpit en hurlant. Les pas s'interrompent. Je suis certain que des gens se tiennent sur le côté droit du garage. Ils vont peut-être entendre mon cœur tellement il bat fort. L'Agneau est blotti dans son coin, paralysé, les yeux affolés.

Chapitre quatre

La gaffe de la voisine

J'entends des murmures d'hommes. Impossible de comprendre ce qu'ils disent. Je tente le tout pour le tout.

– Oui, papa (là, je crie, comme s'il y avait du monde autour de nous), oui, oui, papa! Je vais voir qui est dans l'allée.

Les intrus ne parlent plus, le bruit cesse. Doucement, je marche vers la porte du garage. Des pas s'éloignent, les graviers craquettent. Je m'enhardis, tends la tête à l'extérieur. Deux silhouettes détalent. Elles franchissent la porte d'entrée, les voilà dans la rue. Elles s'engouffrent dans une voiture de sport rouge qui démarre en trombe. Impossible de noter le numéro d'immatriculation.

Je retourne dans le jardin. Je m'assieds sur une chaise en plastique. Je tremble.

– Pourquoi as-tu appelé papa?
– Pour les faire fuir.
– Qui?
– Les deux gars. Ils viennent de déguerpir.

– J'ai peur.

Je ne dis rien, mes dents en claquent encore.

– Qu'est-ce que vous fabriquez là?

La voix surgit de la haie.

– On est les enfants Travelle.

– Ne bougez pas, faut que j'vous parle. Je suis Madame Racette.

Quelques secondes plus tard, une dame de soixante-dix ans, au tablier bleu sombre, aux cheveux gris blanc, s'assied sur une chaise en face de moi.

– Ouf! j'allais justement prévenir vos parents.

– De quoi?

– Il se passe des trucs dans la maison.

– La chatte?

– Oh! Non, elle je l'adore. Je la nourris, les petits aussi. Faut le dire à personne. C'est à cause d'elle, la Grisette, que je me suis rendu compte de quelque chose, et puis aussi du Noireau, le matou.

– On l'a vu, intervient l'Agneau, mais il n'est pas noir. Pourquoi Noireau?

– Pourquoi pas?

– Évidemment, murmure l'Agneau.

– Voilà, j'ai constaté des mouvements anormaux autour de la maison. Des gens attendaient, le soir surtout, dans une voiture rouge. Ils regardaient sans cesse vers la façade. Au début, je pensais que c'étaient des acheteurs. J'ai fini, derrière mes persiennes et avec mes jumelles, par les reconnaître. Deux costauds, des morceaux! Cheveux bruns, yeux bruns, peaux blanches, livides, maladives même, yeux cernés. Ils portent des habits de fêtards, dans le genre chic râpé ou raté. Ils ne se promènent pas toujours dans la même voiture.

– La voiture, je l'ai vue, dis-je.

– J'ai remarqué : une *Scénic* verte, une *Golf* blanche, et cette voiture de sport rouge. J'allais appeler vos parents, comme vous êtes ici, vous pourrez leur rapporter mes observations.

– Vous connaissez bien les voitures!

– Dans mon jeune temps, j'étais cascadeuse, mon cher. Les voitures, c'est mon rayon. La Deuch dans le garage, c'est une merveille. Elle a encore du coffre, j'en suis sûre.

– C'est le cas de le dire, répond l'Agneau.

– Hier, j'ai entendu des bruits venant de la maison. Les chats sont partis épouvantés. Pauvres minous! Il m'a semblé que ces messieurs voulaient entrer. Moi, je suis veuve, vous comprendrez que je sois inquiète, toute seule. Au moins, quand il y avait votre oncle Jean, cela me rassurait. Pour en finir avec hier, j'ai cru distinguer des lueurs dans le salon et la chambre. Puis ce fut le vacarme. Comme il n'y a pas de voisin sur la gauche, la maison de votre oncle faisant l'angle de la rue, j'ai été la seule à entendre leur raffut, semble-t-il. Vous savez, dans ces quartiers, c'est « ni vu, ni connu », mais chacun sait tout des autres. De l'autre côté de la rue, ce sont des jeunes, alors avec leur musique, impossible qu'ils remarquent quoi que ce soit. Notez que je n'ai rien contre les jeunes, mais enfin, cette musique, c'est du bruit. Bon, je termine, j'ai la pétoche; pas la peur, la trouille! Tout ça n'est pas normal. Mais dans quelle société vivons-nous! Je vous le demande.

– Je n'en sais rien, Madame Assiette, répond l'Agneau.

– Pas Assiette! Racette, Madame Racette!

– Excusez mon frère, il est un peu dur de la feuille.

– Madame, euh, euh...

– Que veux-tu dire, mon petit?

L'expression «mon petit» empourpre le visage de mon frère. Il bafouille :

– Hier, euh, eux, ils sont venus à quelle heure?

– Deux fois, au moins. Moi, je ne suis pas toujours à la fenêtre, il faut que je fasse les courses. Une fois, à sept heures le soir, et l'autre, le grand boucan, ça devait être vers les onze heures. Ce matin, j'ai fait le tour du jardin, j'ai donné à manger aux minous, mais je n'ai rien remarqué d'anormal. J'allais tout de même alerter vos parents.

– Étrange, tout cela est étrange.

– Je ne vous le fais pas dire Louis, euh, le Loup.

– Vous l'avez bien connu, notre oncle?

– Un peu.

– Qu'est-ce qu'il vous racontait?

– La dernière fois que je lui ai parlé, il était vraiment épuisé; il m'a expliqué qu'il avait chopé des maladies tropicales : le paludisme, la bilharziose, et je ne sais quoi encore.

– La bilharziose?

– Cela vous détruit le foie, les intestins, les poumons, le système sanguin, en plus qu'il avait le foie colonial et le cœur amoché...

La voisine nous regarde droit dans les yeux, vérifie derière elle, et ajoute d'une voix basse :

– Il est allé loin dans les confidences. N'oubliez pas que je connaissais bien vos grands-parents.

– Et?

– Ne répétez cela à personne. Pauvre homme. Vos parents sont sûrement au courant. Ils ont dû vous en parler. Je ne sais si je dois... Enfin, je ne peux garder ce secret pour moi. Votre oncle Jean était un prospecteur. «J'ai trouvé un trésor, j'ai perdu la vie», m'a-t-il dit la dernière fois. Je ne pensais pas que ce serait ses ultimes paroles.

– Un trésor?

– Oui, le Loup. En tant que prospecteur, il a sillonné l'Afrique.

– Et le trésor, c'est quoi? Il est où?

– Je n'en sais rien. Depuis son décès, je me suis demandé si le trésor dont il parlait était matériel. Je m'explique, il évoquait, plusieurs fois, l'amour qu'il avait rencontré là-bas. Il comptait se marier. Était-ce son trésor?

– Se marier?

– Oui, sa compagne vit au Sénégal, avec leur fille d'une dizaine d'années. Vous le savez sûrement.

Nous sommes ébahis.

– Il avait une compagne, d'accord, mais en plus nous avons une cousine, au Sénégal!

L'Agneau en reste la bouche grande ouverte.

– Comment? Je ne peux pas croire qu'on ne vous ait rien dit. Bon, je sens que j'ai gaffé. Oui, elles habitent Saint-Louis du Sénégal. Votre oncle, vu que sa santé se détériorait, voulait épouser cette compagne et reconnaître sa fille.

– On ne nous a jamais parlé de sa fille, soupire l'Agneau.

– Toutes les familles ont des secrets, ajoute Madame Racette.

– Des secrets de famille, que les membres de cette famille ignorent!

– Vois-tu, le Loup, on en apprend tous les jours, et j'aurais mieux fait de me taire.

Les oiseaux chantent. La chatte et les minous dorment paisiblement. Dans mon cerveau, une tempête se déclenche.

– Le trésor, il est où?

– Mon petit (oh! que l'Agneau déteste!), c'est un autre mystère.

– Voilà pourquoi la maison est visitée la nuit.

– C'est ce que je pense aussi, le Loup. Aucun doute là-dessus.

Madame Racette se lève.

– Fermez bien tout. Je téléphonerai à vos parents ce soir. Je suis inquiète. Je pensais que vous étiez au courant. Il va falloir que je m'excuse. Oh! là là! Quelle gaffe!

– Merci, Madame Raquette, pardon, je veux dire Raclette.

L'Agneau rougit de son bafouillage. J'ai honte. L'Agneau le fait-il exprès?

– Non, mon petit, Racette, Madame Racette! rectifie la voisine en tapotant l'épaule de mon frère.

– Au revoir, les enfants. N'oubliez pas de verrouiller les portes à double tour.

Je récupère mon sac à dos. Je ferme la porte d'en haut. L'Agneau ne me lâche pas, il me colle aux talons comme un chewing-gum. J'ouvre le coffre de la 2 CV, je prends les agendas, j'en passe à mon frère, qui les range dans son sac. Je fais glisser la porte du garage. J'envoie un petit salut de la main à la minette qui somnole d'un œil, la portée plaquée contre elle.

Nous quittons la maison d'El Nan. Coup d'œil dans la rue, pas de voiture rouge, pas de véhicules suspects. On ne traîne pas, direction l'appartement. On se retourne souvent. J'ai l'impression qu'on nous suit, pourtant, personne ne marche ni ne roule dans cette rue. Les agendas sont lourds. Sommes-nous sur un gros coup?

Chapitre cinq

Fabuleux agendas!

J'essaie de réfléchir et de marcher, même si nos professeurs nous répètent qu'on ne peut pas faire deux choses à la fois! Notre retour à la maison ressemble plus à une fuite qu'à une marche. Je me retourne sans cesse et je retourne sans cesse mes idées. J'essaie de résumer ce que nous avons appris : la voiture de sport rouge, quelle marque au juste? Une *Lancia*, je crois; Madame Racette a vu une *Scénic* verte et une *Golf* blanche, du moins c'est ce qu'elle nous a confié en partant. Surprise, elle nous a passé des numéros d'immatriculation, alors qu'elle prétendait quelques instants auparavant ne pas avoir eu le temps de les noter.

— Qu'est-ce qu'on raconte à nos vieux?

— L'Agneau, ils sont sûrement au courant de tout. On leur dit la vérité, ce que nous savons.

— Oui, mais ils ne nous ont jamais parlé de notre cousine d'Afrique. Ils ont peut-être oublié.

— C'est ça, volontairement oublié.

Nos pas chuintent sur l'asphalte mouillé. La pluie recommence. En arrière de nous, une voiture roule lentement, trop lentement.

– Wouach! lâche le frérot en accélérant le pas. Faisons semblant de rien, le Loup. La voiture en arrière, c'est une *Scénic* verte.

Une décharge électrique me parcourt la colonne vertébrale. Mes cheveux, trop longs et frisés, doivent être droits et piquants.

– Première rue, on tourne à gauche, on va les semer. Faut pas qu'ils sachent où on va.

– Pourquoi ils nous espionnent?

– Les agendas : peut-être y cherchent-ils la piste du trésor d'El Nan?

– Pourquoi ils les ont pas pris, les agendas?

– L'Agneau, nous, on les a trouvés par hasard dans le coffre de la Deuch.

– Quelle cachette bizarre!

– El Nan allait probablement les confier à quelqu'un.

– Ça, on ne le saura jamais.

Et hop! On passe par la droite. La *Scénic* continue sa route.

– On va entrer par le bâtiment E et suivre les couloirs des caves jusque chez nous.

– On va pas se farcir le E, le C et le D?

– Si, l 'Agneau! Faut les semer.

Les caves de nos immeubles sont immenses, deux étages de cellules débarras, de quoi se planquer pendant des années. Ils ont construit ça après la Seconde Guerre mondiale, sûrement en prévision d'une autre guerre. On a juste à sortir quelques instants pour rejoindre l'immeuble suivant. On replonge ensuite dans les couloirs humides et obscurs. Dans notre fuite, par prudence, nous n'allumons pas la minuterie. Personne ne sait que nous cheminons sous terre dans nos tunnels. Enfin, d'immeuble en immeuble, de couloir en couloir, nous voici au pied de l'escalier 31. 17 h, ascenseur, huitième gauche. J'ai hâte d'être à l'abri dans l'appartement et de plonger dans les agendas d'El Nan.

J'ouvre la porte. Aussitôt, je me rends à la fenêtre. Côté jardin, pas de *Scénic* verte. Côté ville, rien de spécial.

Nous étalons les agendas poussiéreux sur le tapis de notre chambre. Je prends le plus récent, l'Agneau le plus ancien. Je feuillette les dernières pages. Je remarque que l'écriture d'El Nan est moins ferme. Les lignes ne sont plus horizontales. Est-ce l'effet des médicaments? De sa maladie? Si au début de l'année il rédige des phrases, au fil des jours, son texte se résume à quelques mots.

– L'Agneau, il est mort quand l'oncle?

– Il y a un mois.

– C'est ce que je me disais.

– Pourquoi alors tu me le demandes?

– Pour m'en assurer! Tu te rends compte que ce que je lis, il l'a écrit quelques jours avant sa mort.

– Fais voir!

«10 février. Pluie sur Paris. Mauvaise nuit. Oppression. Demain, revoir toubib.

11 février. Tests hôpital. Prendre pilules.

12 février. Analyse d'urine.»

– C'est pas chouette, son histoire. Je ne vois pas ce que les bandits feraient de ça!

– Je continue : «13 février. Mauvaise journée. Lettre envoyée à Roseline. Pas de nouvelles d'elle, ni d'Amandine. Appeler mon frère demain.

14 février. Mal dormi. Remplir papiers pour la mairie de Maisons-Alfort. Je pense à Amandine et à ma petite Roseline.

15 février. Vertiges. Tombé deux fois. Pas d'appétit. Revoir toubib. Rappeler mon frère demain.»

– Dis donc, le Loup, il appelle souvent nos parents.

– Il n'était pas du tout en forme, pourtant chaque fois que nous l'avons vu, il avait l'air d'un athlète.

«16 février. Ne jamais oublier : "L'enfant est l'avenir de l'homme. L'enfant est au-dessus de l'homme. L'enfant est notre passé, notre futur. L'enfant est l'ancêtre de l'homme. Protéger l'enfance." Le réécrire à Amandine et Roseline.

17 février. Ranger les papiers, les masques et les statues.

18 février. Mauvais pronostic médical. Moral à zéro.

19 février. Trop froid. Trop triste. Retourner à Saint-Louis. Appeler Amandine et Roseline, mes amours. Préparer cadeaux pour les neveux.»

– Pis, le Loup?

– Ça s'arrête là! On dirait que ce sont ses derniers mots.

– C'est qui, Amandine et Roseline?

– Sa femme et sa fille d'Afrique, selon moi.

– Je ne comprends pas tout ce qu'il écrit.

– Moi non plus, mais c'est émouvant. Il pense tout le temps à deux personnes qui sont de notre famille et que nous ne connaissons même pas, notre unique tante et unique cousine. Que nous découvrons par hasard dans un agenda! C'est un peu fort quand même. Comme discrétion, on ne peut pas mieux. Il n'y a pas que les petits qui ont de grands problèmes!

– Qu'est-ce qu'il veut dire avec son histoire «d'enfant au-dessus de l'homme»?

– Sais pas, l'Agneau.

Je reprends la lecture de l'agenda depuis le début. J'ai l'impression d'être un voyeur. C'est gênant de lire les pensées secrètes d'un oncle. Il y a tant de mystères dans sa vie. Comment reconstituer une vie en partant de bouts de phrases énigmatiques?

Depuis une heure, nous sommes plongés dans les agendas du tonton, lorsque la sonnerie de la porte nous sort de notre enquête.

Bizarre. Nos parents entrent sans sonner. Et, depuis quelques mois, les gens de l'extérieur de l'immeuble doivent sonner en bas. Le timbre de la sonnerie n'est pas alors le même que celui de notre porte de palier.

L' Agneau s'apprête à ouvrir la porte, je l'arrête aussitôt.

– Laisse sonner, que je lui murmure.

– Pourquoi?

Je hausse les épaules, je me méfie. Je vais à la fenêtre, j'écarte discrètement les rideaux. Côté jardin, rien; côté rue, rien. Si! Là! Une voiture rouge, de sport, une *Lancia*!

Mon Dieu! Ils nous ont suivis jusqu'ici! Je me planque derrière les rideaux. Les jumelles? Où sont-elles? L'Agneau est derrière moi. On ne sonne plus à la porte, mais au répondeur en bas de chez nous.

J'observe à la jumelle le chauffeur de la Lancia, un malabar barbu, cheveux noir foncé, comme teints. Il fait semblant de somnoler. Je retourne à notre porte. L'Agneau l'a entrouverte. Il écoute.

– Non! Je ne veux pas répondre à votre questionnaire.

– C'est pour une bonne cause, Madame.

– Le syndic ne nous a pas annoncé votre visite.

– Savez-vous qui habite en haut?

– Mais je n'ai pas à répondre à une telle question! D'ailleurs, qui êtes-vous donc, Monsieur?

– Ont-ils des enfants?

Je serre les poings. L'Agneau tremble.

– Quel est votre nom? Monsieur, je vous ordonne de me dire votre nom! J'appelle la police!

– Ta gueule la vieille. La ferme! Je dégage. Si on peut plus faire son boulot.

– Grossier personnage! Rustre! Foutez le camp!

Le gars déboule bruyamment les escaliers. Furibonde, la voisine crie encore après lui. Doucement l'Agneau referme notre porte. On fonce à la fenêtre. Malabar bis, imberbe, crâne rasé et rosé, se dirige rapidement vers la *Lancia*.

Je mets ma main à la bouche.

– L'Agneau, on est repérés. Là, ça chauffe.

– Pourquoi?

– Ces types veulent quelque chose que nous avons. Ils savent que nous l'avons, un truc qu'ils cherchaient désespérément dans la maison.

– Les agendas?

– Évidemment.

Vivement que nos parents reviennent. Comme le suggère le paternel, dans les situations délicates, qu'il qualifie parfois de «conflictuelles», il faut un conseil de famille. En ce moment, des conseils, on aimerait qu'il en pleuve! Ça sent le roussi. Mais venir jusque sur le pas de notre porte, faut être plus que culottés, fous! Pour nous piquer les agendas? Je n'arrive pas à penser à autre chose. Cette journée est infinie. Dans la vie, certaines heures durent une éternité. Attendre, attendre! Et, comme pour faire exprès, les parents ne se pressent pas pour rentrer. Pourtant, nous sommes là sagement pour les accueillir. C'est le comble! Ici, à la différence d'autres appartements de l'immeuble, ce sont les enfants qui interrogent l'horloge, dont les aiguilles traînassent, pour indiquer l'heure de retour des parents. Patience, patience. J'en ai des choses à dire et des questions à poser!

Chapitre six

Conseil de famille

Nous reprenons la lecture des agendas.
Souvent, nous jetons un coup d'œil par
la fenêtre. Plus de voiture rouge.

L'Agneau tourne les pages rapidement.

– Toujours la même chose : température;
des noms : Katanga, Kasaï, Dalaba, Falémé; des
gens rencontrés et leur profession : géologue,
missionnaire, médecin, infirmière, garagiste.

– Ici, vois-tu, l'Agneau, il a quitté le Congo;
là, il se rend au Sénégal : Kaolack, Ziguinchor,
Saint-Louis, Richard-Toll. C'est à cette période
qu'il a dû s'installer au Sénégal.

– Il ne prospectait donc plus?

– Il ne cherchait peut-être plus les mêmes
richesses, il employait des prospecteurs africains.
Regarde, les noms suivants sont tous africains,
et, en face des noms, des sommes.

Trois petits coups contre la porte, nos
parents tournent la clef.

– Qu'est-ce qui se passe?

– Quoi? demande l'Agneau à ma mère.

– Vous êtes tout pâles.

Mon père, *Le Monde* sous le bras, observe ma mère, *Libération* sous le bras, qui elle-même nous observe.

– Eh bien! Vous en faites une tête!

On se regarde dans le miroir du salon. Effectivement, nous avons viré à l'endive ramollie.

– La maison d'El Nan est en ordre? Vous ne l'avez pas retrouvée saccagée au moins?

Sans le vouloir, le paternel, dans son ironie, a frappé dans le mille!

– Voilà, on va vous expliquer.

– Bon, on se change, on arrive.

Maman va au frigo et sort des surgelés.

Je fais signe à l'Agneau. Nous ramassons les agendas et les posons sur la table du salon. Nos parents reviennent habillés relaxe.

– De quoi s'agit-il? questionne papa, bien enfoncé dans le fauteuil.

– Qu'est-ce que ces carnets? demande ma mère avant de s'asseoir.

– Les agendas d'El Nan.

– Les ananas d'Agen, euh, l'inverse, bafouille l'Agneau.

– Et? intervient ma mère.

– On sait tout sur El Nan, ou presque, dis-je.

– C'est-à-dire?

– Il voulait se marier. Il venait à Paris régler ses affaires.

– Exact! confirme le *pater*.

Là, je les attends au carrefour, nos parents :

– Et nous avons une cousine métisse!

– Affirmatif, répond ma mère sans surprise.

Mon père hoche la tête en signe d' approbation.

– Pourquoi ne pas nous en avoir parlé?

– Délicat, les enfants (père prend un ton mielleux). On avait convenu qu'El Nan vous apprendrait la naissance de Roseline et son mariage.

– Dix ans! Notre cousine Roseline a dix ans, et vous nous l'avez cachée tout ce temps!

– Minute, le Loup, nous ne le savons pas depuis des années, se rebiffe mon père.

– Hein! s'exclame l'Agneau.

– El Nan était un globe-trotter, ce que tu aimerais d'ailleurs être, le Loup. Vous avez de nombreux traits de caractère en commun, toi et ton oncle.

– En plus, il adore les *Harlem Globe-Trotters*, ironise l'Agneau.

– Quel est le lien? que je lui envoie.

– Passons. El Nan a vraiment renoué avec nous quelques années avant son décès. La maison de vos grands-parents, dont il avait hérité, est restée vide longtemps. Il s'y est installé sommairement. Il y avait entreposé des affaires et des souvenirs d'Afrique. Nous l'avons rencontré, vous vous en souvenez, plusieurs fois, autant dans cet appartement qu'aux Almadies. En gros, c'est cela, conclut mon père.

Ma mère hoche affirmativement la tête.

– Vous êtes en contact avec notre tante et notre cousine?

– Bien sûr, le Loup, les papiers de succession sont toujours complexes : examen des derniers documents, du testament, rencontres de notaires. El Nan désirait se marier.

Je suis étonné. Le mot testament me frappe. Il avait tout prévu, le tonton.

– Vous, la visite? interroge ma mère.

– Le grenier a été saccagé.

Nos parents sursautent.

– Encore! Quelqu'un s'est introduit par effraction dans la maison il y a deux semaines, mais là, le grenier?

– Oui. Le bas de la maison est intact, sauf la porte d'entrée principale.

– Regardez les cadeaux que nous avons découverts dans la 2 CV.

Je leur montre mon ceinturon, l'Agneau son pendentif. Nos parents examinent.

– Des œuvres d'art, très beaux objets, commente ma mère.

– Du solide, ajoute mon père.

– On les a trouvés dans des paquets à nos noms, dans le coffre de la Deuch.

– Vois-tu, l'Agneau, El Nan n'aura pas eu le temps de vous les offrir. Il vous aimait. Souvent, il regrettait de ne pas assez vous connaître. Il répétait volontiers : «L'enfant est l'ancêtre et l'avenir de l'homme, l'enfant est au-dessus de l'homme.» Il a passé sa vie à bourlinguer, pensant que plus tard viendrait; il n'y eut pas de plus tard.

Silence des parents.

— Madame Racette nous a tout expliqué : notre tante Amandine, notre cousine Roseline. En plus, elle a entendu des bruits.

Ce qui est bien dans l'esprit de l'Agneau, c'est que tout s'enchaîne logiquement. Sauf qu'il faut connaître sa logique!

— Pis, des bandits nous ont suivis et ils ont cogné à la porte, ici même, ajoute l'Agneau.

— Oh! s'exclame ma mère.

Mon père se frotte le menton, serre les mâchoires; un rictus déforme ses lèvres.

— Pourquoi les agendas?

— Papa, nous avons remarqué, l'Agneau et moi, qu'ils ont fouillé tous les agendas.

— Sauf les plus récents, que nous avons dénichés dans le coffre de la voiture, précise l'Agneau.

— Quelle histoire! murmure ma mère, qui s'affale complètement dans le fauteuil. Les bras lui en tombent.

— Les statues ont été creusées au couteau, ajoute l'Agneau excité.

— Bizarre de bizarre, intrigant même, commente mon père en lissant son menton.

— Inquiétant, soupire ma mère.

Calme dans l'appartement. L'Agneau se rend aux fenêtres.

– Pas de voiture, signale-t-il rassuré.

Le paternel se gratte le crâne. Lui, il a les cheveux trop courts; il me reproche de les avoir trop longs; selon moi cela ne change rien au cerveau. L'Agneau est tondu ras. Cela accentue ses yeux toujours étonnés.

J'essaie de mettre en ordre les nouvelles et je n'y arrive pas. La maison, l'oncle et ses phrases énigmatiques, les parents qui en disent juste ce qu'il faut, une tante, une cousine qui apparaissent subitement, des agendas, des gens qui nous suivent, quel casse-tête! Qui peut m'aider? Peut-être mon copain de classe qui est bi. Nous en avons plusieurs à l'école des bis. Étienne D'Orsainville, il est bi-national, Senef, Sénégalo-français, et il a de la famille là-bas. Nous en avons plusieurs à l'école, des bis. Il faudrait que je lui raconte notre histoire. Par Internet, il peut me donner des renseignements sur le pays et éventuellement communiquer avec notre cousine. Pas la peine d'en parler aux parents. Pour l'instant, ils sont sous le choc. Nous aussi. J'ai l'impression que nous sommes entraînés dans un vertigineux tourbillon. Le visage de nos parents me fiche la frousse, je ne mesurais pas les dangers. On nous a suivis jusqu'ici, c'est dangereux!

Chapitre sept

Début d'enquête

Le souper se déroule dans le calme et la réflexion. Chacun pense aux événements de la journée. Pourtant, papa avait acheté du céleri rémoulade. Vraiment, il s'était forcé. Même si les tâches ne sont pas figées, nous devons reconnaître que maman est nettement plus douée pour la cuisine que papa. Lui, quand il se lance dans une recette, il envahit le comptoir d'une pile de vaisselle sale, il mesure tout avec une précision de chimiste, s'épuise autant dans la préparation que dans la présentation, pour arriver à un résultat moindre que celui de notre mère. En plus, il faut le féliciter, alors que maman, qui fait quotidiennement la tambouille, n'a droit habituellement qu'à de maigres compliments. Ce soir, l'atmosphère n'est pas à la gastronomie.

Maintenant, nous rangeons les agendas que nos parents veulent consulter plus tard. Nous, les enfants, avons le droit de regarder seuls la télévision. Deux gars et une télécommande, quel beau programme! Je finis par laisser l'Agneau régner sur les ondes. Je poursuis la rédaction de ce calepin. Je me pose plein de questions, dont l'une me hante : pourquoi étions-nous suivis? Quelle audace et quel pouvoir d'attraction nous avons!

Papa couche l'Agneau tout endormi et tout habillé en même temps.

– C'est ça! Bonne nuit à vous aussi, que je leur dis.

Nous avons des parents vraiment chouettes. Respect mutuel.

Est-ce à cause de l'excès de céleri rémoulade ou des autres questions qui me trottent dans la tête, cette nuit ne ressemble pas à une nuit, mais plutôt à un voyage dans l'immense pays des problèmes. J'ai l'esprit et le bedon barbouillés. Quant à l'Agneau, il parle entre ses dents, ce qui ne modifie pas les sons habituels. Il y ajoute quelques soupirs. Je finis par m'endormir de nouveau. Sommeil profond durant quelques heures et je me réveille en sursaut. Des idées fusent : nos parents ont l'adresse de notre tante, nous avons un copain sénégalais, Étienne : commençons notre enquête par là. J'essaie de me rendormir. Impossible, mon cerveau bouillonne. Que cherchaient les voleurs dans les statues d'El Nan? De l'or? Trop exigu. Des diamants? Pourquoi pas, un bout de papier? Qui sait? Je reprends mon carnet, dans la nuit, qu'importe si les mots ne suivent pas les lignes, j'écris :

«Vérifier les lieux mentionnés par l'oncle. Regarder à la loupe les statues. Contacter Saint-Louis.»

Je m'allonge de nouveau. Je réfléchis. Il faut toujours avoir une feuille de papier près de son lit et un crayon. Beaucoup de découvertes se font dans un demi-éveil. Eurêka!

L'Agneau se réveille.

– Dis donc, c'est la matinée grasse!

– L'inverse.

– Nooon!

– L'Agneau, la grasse matinée!

– C'est ce que j'ai dit! Le Loup, tu vas être en retard à l'école...

– Zut! Tu as raison.

Je bondis hors du lit, fonce vers la salle de bains, pour le brossage des dents. Je croise les parents qui s'étonnent de mon énergie matinale.

– Oui, bonjour, que je murmure.

Je m'habille vite fait. Je saisis mon sac à dos, repasse en trombe dans le couloir.

– Tu ne déjeunes pas?

– Non, maman, je vais être en retard.

– On peut savoir où tu vas?

– À l'école pardi!

L'Agneau est plié en deux.

– On est samedi, le Loup, me lance-t-il hilare.

– Ouuin, gruumm, tchoouu!

Je n'en souffle pas plus.

Le sac m'en tombe des épaules. L'Agneau est aux anges. J'en conclus que, parfois, le bonheur des uns vient du malheur des autres. Plus c'est mesquin, plus les moqueurs sont joyeux.

Pour compenser, je m'offre un énorme bol de chocolat accompagné d'onctueuses tartines de Nutella. Un regard furibond à l'Agneau transforme son rire en un sourire d'une ironie perverse.

Ouf! Rien de tel que de se gâter, surtout le matin. Un ventre content éclaire la journée. Je me sens philosophe. Cette satisfaction, malgré mon mauvais départ, vient peut-être des vertus du chocolat, divine boisson.

Retour vers le salon. Je feuillette les agendas. Puis, de notre fenêtre du huitième gauche, j'observe la pluie couler tristement.

– Intéressant tout cela, marmonne l'Agneau.

Je le soupçonne de vouloir perturber la digestion de mon petit (et copieux) déjeuner.

L'Agneau aurait un succès monstre en rédigeant : *L'art d'agacer son frère aîné. Recettes vaches pour chaque jour.*

Demi-tour vers la cuisine, je finis ma bolée ourlée de crème chocolatée et je me pourlèche les babines en quête de cacao sucré.

– Si Monsieur mon Frère daigne poser son regard sur ceci, il en sera tout ébahi.

Effectivement, je reconnais que les incommensurables défauts de l'Agneau sont compensés par de modestes qualités, dont l'une que nous partageons, soit l'observation perspicace. Il a trouvé quelques photographies d'un suprême intérêt. Ici, nous pouvons admirer une jolie dame et une non moins charmante jeune fille d'une dizaine d'années.

– Mon Dieu! s'exclame ma mère qui se penche vers la photographie. Ce sont votre tante et votre cousine!

Elle passe la photographie à notre père.

D'autres photos suivent : une rue africaine, un cours d'eau et des pirogues; un monument, une statue d'un officier à képi; un intérieur de maison, genre salon tropical, avec sur les murs des masques semblables à ceux que nous avons vus dans le grenier, des statuettes sur un buffet; une photo d'El Nan, en arrière-plan une affiche d'*Air France* encadrée de deux masques. L'oncle, sur l'unique photo où on le voit, a l'air énigmatique.

– Est-ce que je pourrai écrire à notre cousine?

– Bien sûr, le Loup. C'est même une excellente idée que d'entrer en relation directe avec elle, affirme maman.

– Je souhaiterais que tu ne lui mentionnes pas les dernières péripéties, ajoute mon père d'un ton sérieux.

– D'accord.

– Avons-nous le droit de retourner à la maison d'El Nan? demande l'Agneau.

– Oui. Nous aussi nous voulons en avoir le cœur net. On y va, dès que vous êtes prêts.

Nous voilà partis. Chouette, la pluie cesse. J'ai pris soin d'apporter un peu de nourriture pour chats. Nous en avons toujours quelques sachets à la maison, car dans nos immeubles les chats sont les hôtes des couloirs. Les minous bénéficient de chatières pour se rendre dans le parc de l'immeuble et tout le monde les respecte, même les chiens. Chaque fois que je passe près d'eux, je leur donne un peu de nourriture, surtout à Patapouf et à Blanchette, mes préférés.

Tout le long du trajet, je surveille les voitures et les passants. Nous voici à la maison des Almadies. Papa inspecte minutieusement les serrures de toutes les portes, un vrai détective.

– Je n'aime pas ça. Montre-moi la chatte, cela me changera les idées, me confie maman.

Au même instant, on entend un bruit de l'autre côté de la haie.

– Bonjour la visite!

Madame Racette se pointe.

Et patati et patata, «comprenez-vous ça?», «je vous dis, de nos jours, mon Dieu!», «c'est pas croyable! Qui? Mais qui?», «Oh! Que je suis inquiète!», «oui, oui, une voiture rouge…»

Nous laissons Madame Racette et maman s'effrayer mutuellement. Prudemment, je caresse la chatte et lui pose de la nourriture dans son petit plat en plastique. En compagnie de l'Agneau, nous rejoignons papa dans la maison. Nous ouvrons les volets, les fenêtres. Il va peut-être même y avoir un rayon de soleil!

En route vers le grenier. Papa découvre le chambard!

– Sont fous, ces types! Dangereux. Mais que cherchaient-ils là? J'alerte la police.

– Cela ne nous donnera pas de chance de les attraper.

– Que veux-tu dire, le Loup?

– Si les bandits savent qu'on les a repérés, ils vont se méfier et on va perdre leurs traces.

– Peut-être. Ces types sont malfaisants. Qu'ils vous aient suivi jusqu'à l'appartement prouve leur détermination. Nous ne sommes pas à leur niveau. Il s'agit de se protéger.

Une demi-heure plus tard, la police municipale sonne à la porte. Un homme et une femme en uniforme, on leur explique tout. Madame Racette donne des renseignements, elle répond aux questions. Ils notent. Nous les accompagnons dans la maison. Ils examinent attentivement la serrure. L'état du grenier ne semble pas du tout les surprendre. Ils enjambent la pagaille. La policière a des yeux perçants, de vrais rayons X, qui peuvent être très doux, lorsqu'elle les pose sur mon humble personne.

– Avez-vous constaté un vol? demande le policier.

– Impossible de répondre. D'après nos fils, les statues, les masques et les agendas les intéressaient.

Papa leur montre des statues. Ils les aus-
cultent, les tournent et retournent. Ils écrivent
dans leurs carnets, se grattent le menton, la
tête, ou le bout du nez qui les chatouillent.

– On peut voir le garage?

– Volontiers.

Nous descendons.

– C'est à vous ça? La policière nous montre
un bonnet tombé en arrière de la porte d'entrée
principale.

– Non, répond mon père, ni à mes enfants
ni à l'oncle Jean, je suis formel.

– Intéressant, très intéressant.

La dame sort un sac en plastique et « la
pièce à conviction » comme elle l'appelle, quitte
l'arrière poussiéreux de la porte.

– Monsieur Travelle, nous allons rédiger
notre rapport et effectuer des rondes plus fré-
quentes. Si vous voyez quelque chose de bizarre,
vous ou Madame Racette, joignez-nous aussitôt
à ce numéro confidentiel. Quelqu'un du Commissariat passera bientôt chez vous, Monsieur,
pour en savoir un peu plus sur votre frère récemment décédé.

– Que concluez-vous jusqu'à présent?

– Difficile à dire, Monsieur Travelle, le vol
n'est apparemment pas le motif, ni le désir de
saccager. Ce désordre indique peut-être que les
malfaiteurs cherchaient un objet ou un indice,

comme l'indiquent les marques sur les statues ou les masques. Pourquoi ces gens ont-ils suivi vos enfants? Vos enfants ont-ils récupéré dans cette maison un objet convoité?

– Pas à ma connaissance, répond papa.

– Nous nageons dans l'énigme. Vous, les jeunes, nous vous recommandons la plus grande prudence surtout dans vos allers et retours de l'école à l'appartement. Alertez-nous aussitôt qu'un fait étrange se produit. Vos parents ont le numéro. Madame, Messieurs, bonne journée!

La voiture de police quitte la rue. Père referme la porte d'entrée. Nous nous asseyons dans le jardin, sous les deux palmiers; un rayon de soleil perce les nuages. Puis, je retourne dans le grenier. J'enjambe le fouillis, examine de nouveau les statues et leurs marques de canif. Il y a des masques simples, d'autres effrayants ou artistiquement élaborés. Des papiers jonchent le plancher, journaux, magazines, vieux vêtements. L'unique armoire, pas très grande certes (mais qui a réussi à la hisser jusque-là?), a été fouillée. Les livres n'intéressaient pas les bandits. Sur la porte de l'armoire, un vieux calendrier avec une reproduction photographique et une inscription : «Le paradis est sous vos pieds et au-dessus de vos têtes» Henry David Thoreau (1817-1862). La phrase a été encerclée au crayon rouge. L'expression est jolie, je la note dans mon calepin.

Après tout, nous possédons si peu d'indices que le moindre détail peut s'avérer utile. Tel fait que l'on pense anodin se révèle plus tard d'une grande importance. Qui sait?

Je descends rejoindre la famille. Finalement, nous n'avons pas beaucoup avancé. Nous quittons la maison. Mon père regarde souvent dans le rétroviseur. Je sens ma mère nerveuse. L'Agneau parle de la gentillesse des minous. Je suis songeur. J'ai besoin de réfléchir en paix.

– Je vais dans le couloir caresser Blanchette.

– Sois prudent, le Loup, me recommande ma mère. On ne peut pas leur mettre tout le temps un fil à la patte, ajoute-t-elle.

Mon père acquiesce.

La petite chatte ondule sous mes caresses. Elle est blanche et grise. Elle peut parfois sortir ses griffes. Elle ronronne. Elle me calme. Puis surgit une question, pourquoi et qui a encadré et souligné la phrase de Thoreau sur le calendrier. Que signifie cette phrase?

Les yeux de Blanchette sont du phosphore pur et vif. M'envoie-t-elle sur une piste? Interchat est-il plus fort qu'Internet? Transmissions de pensées? Une autre phrase me vient en tête, oui! Je l'ai! Merci Blanchette! Vite! Je retourne à l'appartement.

Je consulte les agendas. Voici : «L'enfant est l'avenir de l'homme, l'enfant est au-dessus de l'homme.»

Je plonge dans les énigmes! Existe-t-il un lien entre ces trois phrases? Mon cerveau est en hyperactivité. Je m'isole dans ma chambre et j'essaie de faire le point. Pas facile. Il faut absolument que je contacte Roseline. Elle doit savoir une foule de choses. Écrire à Roseline, priorité entre toutes.

Chapitre huit

Le Loup, la loupe

Je vais tenter d'envoyer un courriel à notre cousine. Étienne, notre copain sénégalais, a peut-être des contacts là-bas qui permettraient de transmettre mon message.

– Salut Étienne!

– Le Loup! où es-tu? Que fais-tu?

– Tu as de la famille au Sénégal?

– Une grande famille; chez nous, les familles sont parfois très grandes.

– Connais-tu une Roseline?

– Et ta sœur?

– J'ai pas de sœur, si j'en avais une, elle te dirait de battre le beurre!

– Je connais la chanson. Non, pas de Roseline parmi les connaissances. C'est qui ta chérie?

– Ma cousine.

– Quel âge? Quel genre? Quand tu me la présentes?

– Ni vue ni connue, j'ai juste son adresse, mon paternel vient de me la passer.

– Ta cousine, ou l'adresse?

– L'adresse, à Sor, près de la gare.

– Sor, c'est vaste! Je vais demander à une parente qui habite Saint-Louis. Que veux-tu savoir?

– Tout. Ce qu'elle fait, son adresse électro.

– Pis?

– Le reste.

– Pourquoi?

– Je t'en parlerai plus tard.

– Oh! Oh! Énigme! Moi j'aime ça.

– Tu sais, coïncidence incroyable, notre association de football effectuera bientôt une tournée là-bas.

– Hein! Pour un peu, je pourrais y aller avec vous!

– Primo, t'es pas dans l'association; secundo, tu joues au basket; troisième...

– On dit tertio.

– O.K., tu pourrais être partisan, mais il faudrait que tu payes ton billet aller-retour, et que tu sois accepté, et plein d'autres conditions que nous avons, style : esprit d'équipe, bonne santé physique et mentale, sens de l'humour, etc. Pour résumer, Ti-Loup, j'aimerais en parler aux responsables, plaider ta cause, vieille branche, mais sans *xaalis*[1], t'es cuit!

– Sans quoi?

---

1. *Xaalis* : argent, monnaie

– *Xaalis* : argent, fric en wolof!

– Vous, pour ce voyage comment avez-vous trouvé de l'argent?

– Les parents, les activités de l'association, qui, ne l'oublions pas, «développent le sentiment d'appartenance au groupe», citation d'Henri, dit : Titi, premier chef encadreur et directeur de l'équipe.

– Je suis prêt.

– T'as les *xaalis*?

– Non.

– Donc, t'es pas prêt. Que vas-tu faire là-bas?

– Euh...

– On se quitte, je dois aller au stade.

– O.K., je t'y rejoins dans quelques minutes.

– Monsieur est motivé!

– Avant, je vais rédiger un courriel pour Roseline; s'il te plaît, dès que tu auras son adresse, tu lui envoies.

– Est-ce qu'elle est branchée?

– Je ne sais pas.

– Tchao! Oups! Question : t'as déjà joué au foot?

– Oui, un peu comme tout le monde, pourquoi?

– Comme ça. Salut!

Écrire une lettre à une cousine qu'on ne connaît pas, c'est vraiment pas du gâteau.

«Chère Roseline»

Non, je ne peux pas commencer ainsi.

« Mademoiselle »

Mauvais.

« Roseline »

Ça, c'est bon. La suite? Comment tourner la lettre? J'écris, je rature, recommence, dix minutes plus tard je relis mon texte :

« Bonjour Roseline,

Ici Louis Travelle, dit le Loup, ton cousin. Mon frère et moi, on aimerait te connaître. Il y a quelques jours, nous ne savions même pas que tu existais! Il paraît que tu as dix ans. Moi, j'en ai quatorze et l'Agneau, mon frère neuf. Nous vivons à Maisons-Alfort, dans la banlieue Est de Paris. Mais ça, tu le sais peut-être. Écris-nous vite.

Ton cousin, le Loup. »

Et hop! J'expédie le courriel à Étienne.

– Salut la famille! Je vais au stade!

– Je peux t'accompagner?

– Pas besoin de toi, l'Agneau.

Ma mère est follement inquiète. Ce matin, mon père nous a donné des consignes de sécurité : «Vous ne parlez pas aux inconnus, vous évitez d'être seuls, vous ne marchez pas sur le bord du trottoir, mais en retrait. Le soir vous recherchez les endroits éclairés. Si vous remarquez quelqu'un de louche, changez de trottoir. Si vous pensez qu'on vous suit, entrez dans la première boutique venue, signalez la menace aux commerçants. Vous nous dites toujours où vous allez, avec qui et quand vous revenez», etc.

La tristesse envahit le visage de l'Agneau.

– Tu as l'air dépité.

– Député moi? Non, simple élève.

– Allez, viens avec moi.

– Soyez doublement prudents, ajoute ma mère. Le Loup, veille sur ton frère.

– Je serai un second père pour lui.

L'Agneau hausse les épaules et ferme la porte derrière nous.

On passe par les couloirs des caves, cinq cents mètres d'anonymat garanti. On émerge à l'autre bout des tunnels. Ni voiture rouge ni gens bizarres, direction le stade.

– C'est nouveau, tu joues au foot?

– Non, j'enquête avec Étienne.

– Ah bon! répond l'Agneau.

– Étienne, Sénégal, Roseline...

– J'ai pigé, mais je ne vois pas le rapport avec les statues, les masques et les bandits.

– J'ai une petite idée.

Nous marchons à vive allure, traversons l'avenue du Général-Leclerc. Voici la piscine municipale, et ses palmiers, encore un petit clin d'œil de l'Afrique, des vrais palmiers, dehors en pleine terre et le stade Delaune.

– Je ne pense pas qu'on soit suivi.

– Qui sait?

L'Agneau frémit à ma remarque. Deux équipes s'affrontent, les footballeurs sont en sueur. Nous nous asseyons.

– Étienne joue arrière-gauche. Il fait partie des Lions de Maisons-Alfort.

– Il est en forme!

– Exact, l'Agneau, mais son équipe est menée 2-0.

– L'essentiel est de participer...

Coup de sifflet. Mi-temps. L'entraîneur des Lions sermonne ses joueurs. Nous restons sagement assis sur le banc des visiteurs. Étienne nous aperçoit. Il nous fait signe de nous joindre aux partisans des Lions regroupés sous le drapeau du club.

Les joueurs s'essuient le front, boivent de l'eau.

– Sympa, les gars. Encouragez-nous, me demande Étienne en nous serrant chaleureusement les mains. Ça ne te tente pas de jouer, le Loup? Il nous manque un remplaçant. Tu chausses combien?

– En chaussure de foot, je ne sais pas.

– Tiens, je te présente à notre entraîneur, Henri Lavoulte.

– Enchanté; ici, pas de familiarité, on m'appelle Monsieur.

– Moi, c'est le Loup, mon jeune frère, l'Agneau.

– Des prénoms originaux, de nos jours... T'es quoi?

– Élève.

– Non, position?

Je regarde Étienne : que répondre? Le copain me fait oui de la tête.

– Arrière peut-être? demande Monsieur Henri.

– Peut-être.

– Donc arrière-droit. Enfile le short et les chaussures. Sois prêt. Échauffe-toi sur la pelouse en attendant.

Étienne me conduit au vestiaire.

– Sois le bienvenu dans l'équipe. Si tu te sens dépassé, botte en touche.

Je fais quelques assouplissements. Heureusement que je joue au basket, sinon je ne serais pas du tout en forme. L'Agneau a gardé mon sac à dos. Ma tenue impressionne le frangin.

La deuxième mi-temps débute. Les Tigres de Saint-Maurice, je viens d'apprendre leur nom, dominent les Lions. La défense, notre défense, n'en mène pas large. Le gardien de but hurle à chaque descente adverse.

Coup de sifflet. L'entraîneur, Monsieur Lavoulte, n'oublions pas, Monsieur, que les joueurs appellent en fait Titi 1er, me pousse sur la piste. Étienne m'indique ma position exacte.

L'Agneau crie des encouragements. Cela me motive. Je suis nerveux. Je frissonne de partout.

Aussitôt s'amorce une attaque contre nous, exactement sur mon côté. Les Tigres déferlent.

Que faire? Que dire? Où se cacher, disparaître? Un gars visiblement me cherche, moi qui n'ai rien demandé. Ballon au pied, il jongle, me provoque. En arrière de moi, le gardien trépigne, me donne des ordres. Au basket, je me défends bien, alors pourquoi pas ici? Je gesticule, lance mes pieds. Le gars hésite, pas moi. Je lui soutire le ballon et hop! Je l'envoie à Étienne.

L'Agneau se déchaîne. Les supporters l'accompagnent. Les attaques se succèdent. Je me défends plutôt bien. Notre équipe, j'écris bien notre équipe, marque un but. Le score est maintenant de 2-1. L'honneur est sauf. L'entraîneur m'ordonne de terminer la partie. Il ne reste que quelques minutes à jouer. Les Tigres se défoncent. Leur avancée sur mon côté ressemble à celle d'une armée en furie. Je peux le certifier, n'en ayant jamais vu, sauf à la télévision.

Leur ailier me charge comme un mammouth fuyant les menaces glaciaires. Je ressemble à un papillon qui volette face à un pachyderme. J'ose lui barrer la route. Cela l'étonne. J'aperçois le ballon tant convoité. Il est seul une seconde, ce globe d'air comprimé! De toutes mes forces, j'en modifie la trajectoire. J'expédie le ballon vers le centre. Étienne accourt en renfort. Le mammouth roule dans l'herbe. Il broute de rage. Je dégage, inutile d'attendre des représailles. Les géants n'apprécient pas la danse des moustiques. Malheureusement, Étienne me relance le ballon. Je n'en veux pas! Le copain m'indique notre avant droit. J'y vais d'un long tir. Je prends même plaisir à diriger le ballon vers l'ailier qui le reçoit et du même élan le loge dans le filet!

C'est l'ovation! Les Tigres sont désemparés, les Lions survoltés, le petit public déchaîné.

Fin de la partie, sur un nul, qui n'est pas moi, 2-2. Les deux équipes félines se congratulent.

Étienne me serre la paluche. L'Agneau tend son pouce en l'air. Je lui envoie la main. Nous regagnons le vestiaire.

Monsieur l'entraîneur nous félicite. Je suis fatigué, mais pas épuisé. Mon entraînement au basket m'a apporté le souffle.

– Si tu le souhaites, tu pourrais faire partie de l'équipe, à titre de remplaçant, m'annonce Titi 1er.

– Vous croyez?

Monsieur l'entraîneur hoche la tête affirmativement et regarde Étienne.

– Vous deux, je vous verrais volontiers à l'arrière, en défense. Vous avez l'air de vous entendre. On en reparlera.

Étienne, le frangin et moi, nous retournons chez nous. Les scènes du match défilent dans ma tête. J'en oublie de surveiller les voitures.

– Attention! Regardez ce fou qui vient sur nous, lance Étienne.

Une *Lancia* rouge fonce vers nous. Subitement, à notre hauteur, elle ralentit. La vitre est baissée. La voiture roule au pas. Un type nous filme. Le conducteur porte des lunettes de soleil, comme pour le ski. Nous reculons sur le trottoir. La voiture démarre en trombe.

– Dingues, ces mecs sont dingues! crie l'Agneau.

Étienne se tourne vers moi :

– Qu'est-ce qu'ils nous veulent?

– Des bandits, je t'expliquerai, on file à l'appart.

Après un tel match, surtout un premier match, je me serais bien passé de cette course forcée. Nous pénétrons dans la première cage d'escalier et direction les caves.

– Allez-vous enfin me dire ce que vous manigancez?

– À l'appartement.

Notre silence, même dans l'ascenseur, surprend Étienne. Il nous observe comme des êtres vraiment bizarres.

Ouf! Nous voici chez nous. Vite, de grands verres d'eau!

On étale les agendas. On explique tout à Étienne.

– Voici des photos de notre cousine Roseline, dont je t'ai parlé précédemment.

Étienne tombe dans le fauteuil.

– Ces types sont *caay-caay*[2].

– Encore du wolof?

– Oui, des coquins, *tappale*[3], fourbes, roublards, casse-pieds, comme on dit chez nous. Si, comme vous me le racontez, votre oncle était prospecteur et que ces voyous tournent autour de vous, il n'y a pas de doute, ils cherchent un trésor.

– Dans des statues?

– Sur les statues, le Loup, des indications de l'emplacement d'un trésor.

---

2. Caay-caay : espièglerie, esprit coquin
3. Tappale : fourbe

Le cerveau d'Étienne carbure à plein régime.

– Elles sont où les statues?

– Chez l'oncle, répond l'Agneau.

– Elles ont toutes été endommagées?

– Oui, répondons-nous en chœur.

– Les masques?

– Aussi.

– Les yeux?

– Quoi, les yeux?

– Le Loup, les masques ont-ils des yeux?

– Euh oui, enfin des trous.

– J'aimerais voir les masques.

– Tu ne préfères pas voir notre cousine?

– Bonne idée.

Étienne examine avec attention les photos de Roseline.

– Une belle Métisse comme moi, un peu jeune, dommage.

Nous sourions. Notre cousine a les yeux brillants, en amande.

– La photo suivante a dû être prise chez eux à Saint-Louis, dis-je.

Étienne scrute la photo. Il s'enfonce dans le fauteuil.

– Avez-vous une loupe?

Je fouille dans le tiroir du buffet.

– Que vois-tu?

Son silence nous étouffe. Nous pataugeons depuis une éternité dans l'inconnu et lui, tout nouveau dans le dossier, semble trouver quelque chose d'intéressant, que les policiers n'ont pas remarqué; c'est un peu fort tout de même!

– Ici, sur le mur, de part et d'autre de votre tante et de Roseline, on distingue deux masques.

– Exact.

– Ces deux masques sont presque identiques : visages allongés, les yeux tirés vers l'arrière, à peine ouverts. Vous notez la longueur de l'arête du nez, et les nombreuses marques de scarifications.

– Des quoi?

– Cicatrices. Je continue. Au-dessus du front, un enfant se tient debout. En bas du visage de l'adulte, je compte six rangées de bois couvertes de cauris, les coquillages blancs servant jadis de monnaie, de parure ou pour prédire l'avenir.

Nous acquiesçons et nous nous émerveillons des détails et des connaissances d'Étienne.

– Certains cauris manquent, peut-être sont-ils simplement tombés avec le temps. Question, chers amis : avez-vous vu des masques de ce genre dans la maison de votre oncle?

– Il y en a un près de l'armoire, un seul. J'en suis certain. Je les aurais remarqués, car ils sont assez grands, comme on peut le constater sur la photographie. En plus, un enfant est sculpté sur le dessus du masque. C'est l'enfant au-dessus de l'homme selon la phrase que mentionne El Nan. La phrase et ces trois masques expriment la même idée, cela m'a étonné. Quel est l'intérêt de ces masques pour les bandits?

– Tu m'as raconté qu'ils ont inspecté et fouillé les statues et les masques. Apparemment, ils n'ont rien trouvé. La réponse n'était pas dans ces masques.

– Tu veux dire?

– Mais dans ceux-là!

Étienne pointe les masques sur la photographie.

– Étienne, ces masques cachent-ils quelque chose? Comment savoir?

– Demandez-le à Roseline! Cette autre photo m'intéresse. On voit ici votre oncle : derrière lui, encore les deux masques. Nous sommes dans la même pièce à Saint-Louis.

Nous écarquillons les yeux.

– On dirait que votre oncle montre du doigt un masque.

Je suis survolté. L'Agneau tourne en rond dans le salon. Seul Étienne garde son calme.

– Faut pas s'emballer, mais une piste se dessine peut-être, à moins que je ne sois dans l'erreur.

– Si seulement Roseline avait une adresse Internet.

– O.K., les gars, je rentre à la maison et j'expédie votre message à mon copain de Saint-Louis. Il va dénicher votre Roseline. Quelle histoire! Cette voiture qui nous suit, moi cela me panique. Parlez-en à vos parents. Salut! Dis donc, le Loup, cela serait vraiment chouette que tu nous accompagnes là-bas dans une semaine. On y aurait peut-être des renseignements plus précis sur votre problème.

– C'est ça! Et moi, je vais poireauter ici, grommelle l'Agneau.

Étienne nous laisse au milieu du salon et de nos pensées. L'Agneau sombre dans la tristesse, ses bras trop longs tombent sur son pantalon trop large qui traîne sur le tapis. Son visage me peine.

La loupe à la main, nous décortiquons les photos. Étienne nous a surpris, quel inspecteur de police il pourrait devenir!

Dès le retour de nos parents, nous leur expliquons les découvertes d'Étienne. Elles les intéressent. Ma mère s'alarme du fait que les bandits nous ont filmés.

– J'avertis la police, cela devient angoissant.

Papa tente de la calmer. Pourtant, je lis au fond de ses yeux la même inquiétude que celle de ma mère. L'Agneau regarde par la fenêtre : pas de *Lancia* rouge.

– Nous n'avons pas les moyens de te payer un billet pour le Sénégal, comme cela à la dernière minute. Et puis, il y a des vaccins, tu es en retard pour les recevoir.

Sur ces mots, direction dodo. Le souper, avalé dans la nervosité, encore une fois, navigue longtemps dans mon tube digestif avant de se laisser broyer. J'en ai des cauchemars et des idées bizarres.

Je me réveille. Une phrase tourne dans mon esprit vaseux : «L'enfant est au-dessus de l'homme.» Exactement comme les masques sur les photos de Saint-Louis. J'ai hâte de communiquer avec Roseline. En ce moment, je ne pense qu'à elle. J'ai tant de questions à lui poser!

Chapitre neuf

Deux lettres et une enveloppe

C hers cousins,
Eh bien! Il a fallu du temps pour que
l'on s'écrive! Maman et moi avons été surprises
de recevoir votre message transmis par Samba,
un copain d'Étienne D'orsainville. J'utilise l'ordinateur de Samba. Nous n'en avons pas à la maison. Nous vivons modestement. Ma mère loue
un petit appartement à Sor, dans la banlieue de
Saint-Louis. Je vais à l'école et, comme toutes
mes camarades, je m'applique beaucoup. Je
dois me montrer digne de mes parents. Mon
père, Jean, votre oncle, nous manque beaucoup.
Je pleure en pensant à lui. Pourtant, il n'a pas
été souvent présent à la maison, c'était un grand
voyageur. Il adorait ma mère et il voulait l'épouser. J'étais, selon son expression : «son vrai
trésor». Il me choyait, non pas en objets, mais
en affection. Chacun de ses départs pour la
brousse était pour nous une déchirure. «Je dois
bâtir ma fortune, construire pour vous, vous
offrir un avenir digne.» Nous ne pouvions le

retenir. À peine arrivé quelque part, il se sentait appelé vers un autre horizon. Plus fort que lui, le besoin de bouger, de découvrir, de voyager le poussait hors des villes et des travaux routiniers. C'était un oiseau de passage, c'était mon père.

Nous savions qu'il nous aimait. Depuis son décès, la vie est triste et difficile pour nous. Ne nous plaignons pas, d'autres familles ont plus de misère que nous.

Ma mère enseigne à l'école que je fréquente.

La famille de ma mère vient de Dakar, la capitale.

Je suis vraiment heureuse d'avoir reçu votre message. J'aimerais tant vous connaître! Papa nous avait promis de nous emmener avec lui lors de son prochain voyage en France. Il chantait : « J'ai deux amours, Saint-Louis et Paris. J'ai deux amours, vous mes chéries. » Il se sentait fatigué et répétait : « J'ai encore tant à découvrir et à transmettre. J'ai tant appris, et il reste encore plus à apprendre, surtout à donner. J'ai un trésor à confier. » Il parlait de ce trésor, et ne répondait pas avec précision à nos questions. Cela le préoccupait et en même temps, chaque fois qu'il employait le mot trésor, un étrange sourire illuminait son visage. J'arrête là, je suis trop émue. J'aimerais vous en parler de vive voix.

Je ne veux pas trop accaparer l'ordinateur de Samba.

Votre cousine Sénéf vous salue. Bonjour à ma tante et à mon oncle. Ma mère vous transmet ses salutations ainsi qu'à la famille.

Roseline.

P.-S. : Je sais que nos parents s'écrivent pour régler les questions d'héritage et de notaire.

Au fur et à mesure que je découvre cette lettre sur l'ordinateur familial, je me sens entraîné dans un autre monde. Cette histoire de notre oncle Jean me trouble. Il y a des zones d'ombre, des silences immensément longs; pourquoi? Et puis ce mot trésor qui revient si souvent. Pourquoi des bandits qui rôdent? Le plus merveilleux de tout cela, nous avons une cousine en Afrique!

Bonjour Roseline,

Dix ans de silence absolu et tout à coup tu apparais! Merci de ton courriel qui nous a touchés. Nous sommes très heureux d'avoir une cousine comme toi. Faut que je te dise, je ne connaissais presque rien de ton pays il y a encore quelques jours. Subitement, tout s'accélère. Je ne comprends pas qu'il ait fallu que tu naisses pour nous dix ans après! Je ne comprends pas pourquoi des gens bizarres tournent autour de nous et de la maison d'El Nan (c'est ainsi que nous appelions notre oncle). Ces dingos ont vandalisé le grenier, fouillé statues et masques, les ont même tailladés au couteau!

Ton père avait un secret, un énorme secret qui attise leur convoitise. Quel secret? Les méchants en savent plus que nous. Nous sommes leurs obstacles. Si nous représentons un quelconque intérêt pour eux, c'est qu'ils pensent que nous aussi nous savons et que nous suivons la même piste qu'eux. Peut-être ne comprends-tu pas tout ce que je tente de t'expliquer. Si ce que je t'écris éveille en toi le moindre indice ne te prive pas de nous en faire part.

Autre nouvelle, je joue au football. Je serai peut-être sélectionné pour le tournoi qui aura lieu (faut-il y voir une influence de ton père?) au Sénégal. J'avoue que je suis troublé, il y a tant de pays d'Afrique et c'est justement de ton pays qu'il s'agit! Des forces inconnues sont-elles en train de nous guider ou manipuler? Tu te rends compte, dix ans de silence, et tout semble s'agencer pour que l'on se rencontre dans quelques jours! Il y a de quoi être perplexe. Je souhaite de tout mon cœur pouvoir me rendre dans ton pays. Je suis très énervé. Il y a le billet d'avion à payer, les frais, etc. Moi, à 14 ans je veux encore croire au père Noël. Faut être fou, non?

Ah oui! J'ajoute : selon mes parents, j'ai un caractère qui ressemble à celui de mon oncle, rêveur, blagueur et inquiet à la fois.

Allez, bisous! À la prochaine!

Embrasse pour nous tous ta maman.

Louis Travelle, dit le Loup.

Je suis fier de ma lettre, bien tournée, et je pose des questions pertinentes. Si j'étais prof, je mettrais une bonne note.

J'essaie de faire le point dans cette histoire. Sans cesse me revient en tête ce secret, ou trésor, de mon oncle. Les bandits y attachent une grande importance. Comment savaient-ils que notre oncle habitait parfois dans cette maison? Pourquoi nous ont-ils suivis jusqu'au stade? Et pourquoi dix années sans rien connaître de notre tante et de notre cousine? Oh! cela fait trop de questions pour un petit gars comme moi. Je n'aime pas quand ça lambine et que les situations ne sont pas nettes. Qui est qui? Qui fait quoi? Plus je cherche, moins je trouve. Quel labyrinthe! Je me suis un peu trop avancé, qui me payerait un voyage au Sénégal? Je ne connais presque rien de ce pays. En attendant le retour des parents, je vais consulter leurs vieilles encyclopédies. L'Agneau se vautre devant la télévision. Il a bâclé ses devoirs. Je le laisse se relaxer.

Mes parents rentrent du boulot.

– Salut, les jeunes! voix guillerette de ma mère.

– Salut, les gars! voix plus grave de mon père.

– B'jour, marmonne l'Agneau un peu endormi.

– Bonsoir, dis-je.

– Vous n'avez pas pris tout le courrier?

– Si, tout à l'heure. Je n'ai rien laissé dans la boîte. J'ai posé les lettres sur votre bureau.

– Donc, ceci a été déposé après.

J'observe le pli que tient mon père. Une enveloppe beige, anonyme, sûrement de la publicité.

Nos parents vont se changer, nous filons dans notre chambre.

Quelques minutes plus tard, nous les entendons parler dans le salon :

– Crois-tu?

– Je ne sais pas.

– On devrait prévenir la police.

– Je les appelle immédiatement.

Nous quittons notre chambre. Ce dialogue m'inquiète. Nos parents sont assis sur le bout des fauteuils. Les mains de maman tremblent en serrant l'enveloppe.

Papa nous montre une feuille. Nous sommes abasourdis.

Sur la feuille est imprimée une photo. On y voit Étienne, l'Agneau et moi. La photo a été prise dans la rue. Je reconnais la rue, c'est entre la piscine et chez nous. Je me souviens très bien, la voiture est presque montée sur le trottoir et on nous filmait. En haut de la photographie est dactylographiée en gros caractères la phrase suivante :

« Pas d'obstacles sur notre route. Laissez-nous faire. Sinon... »

Je lis et relis la phrase. L'Agneau la répète à voix basse, lui aussi tremble.

– Sinon, point de suspension, qu'est-ce que ça veut dire?

– Que vous avez mis les pieds dans leur plat, mes enfants! Vous êtes des « obstacles ».

– Sur leur route vers quoi?

– Excellente question, le Loup, excellente!

– Qu'est-ce qui va nous arriver?

– Ce sont des menaces, ne t'inquiète pas l'Agneau. J'appelle la police. Ils enquêtent déjà sur l'infraction commise dans la maison. Ces bandits sont maladroits et puérils. La police va vous protéger.

– C'est-à-dire?

– Il ne vous arrivera rien. Je peux vous le garantir. Nous vous aimons trop.

– J'ai vachement la trouille, pleurniche l'Agneau.

– Au moins, nous voilà prévenus.

Quelques minutes plus tard, la police sonne à l'appartement. Sur le seuil de la porte, le père de nos copains, les jumeaux Bellec, et une femme, tendent leur carte à nos parents.

– Pensez-vous que les enfants peuvent assister à la conversation?

– Après tout, cela les concerne, répond le policier.

– Voici la lettre que je vous ai lue, Madame l'Inspectrice.

Elle examine la feuille et la pose sur la table basse du salon. L'inspecteur se cale dans le fauteuil.

– Nous enquêtons toujours dans le grenier et dans la maison de votre frère. Nous avions déjà une pièce à conviction, le bonnet trouvé derrière la porte d'entrée. Cheveux, poils, on en sait déjà pas mal. On a relevé quelques empreintes sur les masques. Ce ne sont pas des professionnels de la cambriole. Portaient pas toujours de gants, c'est bizarre. Ils pensaient peut-être réussir dès le premier coup. Les cheveux ne sont ni les vôtres ni ceux de votre oncle.

L'inspectrice sourit. Une vraie *star*, cette inspectrice, blonde, sportive, et l'inspecteur, quel morceau : un tas de muscles; en plus, l'air intelligent.

– Écoutez bien, les enfants, vous ne changez rien à vos habitudes, nous vous suivons à distance. Ignorez-nous, ignorez nos adjoints. Pour vous, nous n'existons pas. Nous allons coffrer ces énergumènes. Ils utilisent des voitures volées, nous avons vérifié. Nous avons plusieurs pistes.

L'Agneau soupire. Les mains de ma mère se calment.

– Pouvons-nous compter sur vous?

– Oui, dis-je timidement.

À Maisons-Alfort, il y a des logements pour la gendarmerie nationale. La police fait partie de notre ville. L'inspecteur, qui nous connaît par ses fils, est un sportif. Président des Lions, il entraîne parfois, en compagnie de Monsieur Lavoulte, l'équipe de football des jeunes; il est un peu sévère, mais très apprécié. Son physique en impose à tout le monde, genre karatéka, cheveux en brosse, menton volontaire, yeux verts perçants. Je ne suis pas allergique aux policiers. Et ces deux-là sont franchement cordiaux, sauf que j'ai encore plus la frousse qu'avant.

– Qu'est-ce qu'ils peuvent nous faire?

– Nous serons là pour intervenir. Vous êtes plus en sécurité maintenant qu'avant. Leur lettre est malhabile. Elle signale que les opérations vont commencer, et nous allons sévir.

Mon père remonte un peu de son fauteuil.

L'inspecteur nous observe.

– Nous avons du pain sur la planche. Pas de questions à poser?

Silence.

– Bien, voici le numéro de téléphone où vous pouvez nous rejoindre à tout moment.

Ils se lèvent, laissent leur carte et leur au revoir. Nous les raccompagnons jusqu'à la porte. Ils descendent par l'escalier, une manie de policiers.

– Faire comme si de rien n'était! Comme si on allait cueillir des pâquerettes sur le chemin de l'école! Cela me met en colère.

Mon père bouge son maxillaire inférieur et se pose la main sur le crâne. Ma mère joue avec ses doigts.

– Tout va très bien, Madame la Marquise, tout va très bien. Juste un détail, il faut que je vous dise : vos enfants sont menacés de mort.

– Ne dis pas ça, le Loup! me reproche ma mère.

– On se calme, intervient mon père.

Tout à coup, nous nous taisons. On n'entend plus que le ronron du réfrigérateur et le clapotis poétique de la chasse d'eau des voisins du dessus.

– On s'en reparle. Allez finir vos devoirs.

Nous obéissons aux consignes. Nous réintégrons notre chambrette.

– Moi, j'ai les chocottes, me confie l'Agneau.

– Et moi, j'ai hâte que l'on coffre ces mecs qui nous empêchent de respirer.

C'est sur ces phrases philosophiques que nous atteignons la soirée, avant de plonger dans la nuit, que l'on souhaite réparatrice.

Chapitre dix

Les lueurs de l'aube

La nuit n'apporte ni repos ni réconfort. Je me réveille souvent en sursaut. L'Agneau lâche quelques mots : «comme si», «une piste», «le bonnet», «aah!» et autres borborygmes. J'ai soif, chaud, je suis en Afrique, je cavale dans la brousse, haletant sous le soleil; je m'écorche aux épineux. Je devance l'aube. Les lueurs de la ville filtrent dans l'appartement. Je me rends dans le salon. J'allume la lampe sur pied. Je feuillette les agendas. Toujours les mêmes remarques, des chiffres ici et là, par paires, quelques indications sur la température, le nom de personnes rencontrées, chefs de village, sages. Peu de noms européens. Les agendas les plus anciens couvrent des séjours au Congo; là encore l'oncle poursuit sa manie des chiffres. Je ferme tout cela. J'éteins la lampe. Je rêve à la chatte dans le jardin d'El Nan. Comment se repèrent-ils, ces minous? Par les odeurs, les formes, les sentiers habituels, les contours, les bruits, les chaleurs, peut-être les couleurs. Et les oiseaux? On prétend que certains ont un radar, ou une sensibilité magnétique. El Nan, pourquoi ces paires de chiffres? Est-ce une façon de localiser des lieux importants et de les maintenir secrets? Je m'assoupis. J'aime rêver ainsi entre sommeil et éveil, comme les chats, attentifs à tout, prêts à bondir. Je sens une énergie remonter en moi. Non! Je n'ai plus peur des bandits. Les inspecteurs nous l'ont dit, nous sommes moins en danger maintenant. Ces malfrats sont d'une maladresse incroyable. Ils pensaient peut-être que nous n'alerterions pas la police. Quelle stupidité de leur part. En quoi sommes-nous «un obstacle sur leur route»? Leur route vers quoi? Je réfléchis. Eurêka! Élémentaire! Les chiffres, ce sont les coordonnées, longitude, latitude. Vite, les agendas, un atlas. Voilà une carte de Dakar : 17º 25' longitude ouest, 14º 45' latitude nord, à peu près, cela conduit à la pointe des Almadies! Étrange. Tous les chiffres dans les agendas sont les coordonnées des lieux qu'il considérait comme importants. Est-ce ce que cherchent les malfrats? Non, pas dans les statues. Je piétine. Ça m'énerve.

– Que fais-tu là?

– Je réfléchis. Ces chiffres sont des coordonnées.

Mon père se penche sur un agenda ouvert devant moi.

– Exact, fiston. Je n'y avais pas prêté attention.

– El Nan a ainsi découvert des sites géologiques intéressants, peut-être des filons.

– Astucieux, mon Ti-Loup. Et si on se faisait un petit caoua?

– Tu le sais, le café je déteste. J'adore son arôme, pas son goût. Le chocolat d'accord.

Nous voici dans la cuisinette, vue sur le parc et nos immeubles. La Marne dessine son doux méandre. Les péniches vont et viennent, chargées des mêmes matériaux dans les deux sens. Incompréhensible!

– En quoi constituez-vous un obstacle? se demande mon père.

Je trempe, dans le lait, ma tartine couverte d'une mœlleuse crème chocolatée.

– Mal dormi, Le Loup?

– Oui.

– Ils ne toucheront pas à un de vos cheveux. Inutile de vous recommander la plus grande prudence. Je vais me raser. À plus tard.

J'en profite pour avaler en douce une autre tartine. Le pain et le lait chocolaté se marient si bien!

L'Agneau se pointe, s'assied et vasouille.

– Tu sais ce que j'avais dans la tête en me réveillant?

– Non!

– File, filous, filons, Ti-Loup!

– Qu'est-ce que cela veut dire?

– Taille-toi, t'es dans ma talle, t'es pas de taille.

– Hein?

– C'est sorti exactement comme ça!

Je prends mon calepin et je note ses mots. Au réveil, il faut tout écrire, sinon c'est perdu. Ainsi, une fois ma mère se lève et nous dit : «J'ai le numéro gagnant de la loterie.» Et elle nous le débite tout de go. Puis, elle n'y pense plus. Papa se souvient de quelques chiffres, il les écrit sur un bout de papier. Il manque deux numéros. Maman ne les retrouve plus. Ils parient avec les numéros sortis du cerveau maternel. Tous bons, sauf les deux oubliés. Plusieurs années après nous en sommes encore estomaqués. Alors : idée du matin, idée sans lendemain si tu ne l'écris pas. Idée du soir, même chose.

Maintenant, mon casse-tête s'agence un peu mieux. Nous possédons une mine de coordonnées géographiques, surtout au Sénégal, les plus récentes. «File, filous, filons!» Pourquoi? Il y a un magot et nous pouvons le repérer. Les bandits veulent les coordonnées. Ils les ont cherchées jusque dans les statues, les masques; une paire de chiffres suffit pour récupérer un trésor. Mais, pourquoi ces messieurs ont-ils jugé bon de nous prévenir? Quelle politesse!

En route pour l'école. Après une toilette sommaire, je saisis mon éternel sac à dos. L'Agneau me suit. La nuit a tracé des soucis sur son visage d'enfant. La perspective d'avoir des bandits aux trousses donne la frousse à Ti-Mousse.

– Tiens, prend ça, le Loup.

Ma mère me tend un système de défense.

– J'en ai pas, moi? demande l'Agneau.

Je lui montre le tube nacré : une simple pression fait jaillir un mélange de poivre et de piment.

– À consommer avec modération, lui dis-je.

L'au revoir de nos parents s'apparente à des adieux angoissés.

Je m'en tiens à mon raisonnement : nous sommes protégés par la police. Je souhaite que les bandits nous suivent et qu'on les emprisonnent, le plus vite possible.

– T'as mis le pendentif de l'oncle!

– Comme tu es observateur, le Loup : je n'ai pas quitté le pendentif depuis que nous l'avons trouvé! Je dors même avec, El Nan me protège.

– Moi, ce ceinturon me rend invincible.

Nous sortons de l'ascenseur. Rien de particulier. Quelques rues plus loin, Étienne ferme la porte de sa maison. Les oiseaux chantent dans le cerisier.

– *Salaamaalekum*[1], les gars.

– C'est ça, toi aussi.

– On répond : *maalekum salaam*[2]! Si vous venez en Afrique, faut vous y mettre tout de suite.

---

1. *Salaamaalekum* : bonjour
2. *Maalekum salaam* : bonjour (réponse)

– Oh! Pour le voyage, on n'est pas encore partis, nous!

– Écoute, le Loup, les décisions importantes vont se prendre bientôt pour la sélection des footballeurs. Il manque toujours des joueurs. Tu es bien placé sur la liste.

L'Agneau ne peut s'empêcher de regarder derrière-lui.

– T'as l'air nerveux, l'Agneau.

– Moi, pas du tout, Étienne.

Nerveux, non, paniqués, oui, tous les trois, quand remonte vers nous une voiture de sport rouge, une *Lancia*!

Chapitre onze

Circulez, il n'y a rien à voir!

Je n'ai jamais vu des bandits aussi nuls! Il faut vraiment ne jamais avoir vu de film policier pour se comporter ainsi. Ces gars sont d'une exceptionnelle imprudence. Ils roulent dans la même voiture, repérée depuis des siècles. Ils foncent sur nous.

– Ils sont fous, ces mecs! crie Étienne.

La voiture freine brusquement. Des passants observent la scène. Deux gars bondissent hors de la voiture, ils laissent les portes ouvertes. Ce détail me glace, veulent-ils nous forcer à monter dans leur voiture? Non! Jamais!

Nous sommes pris entre eux en avant et des voitures stationnées à gauche; à notre droite, un poteau électrique et, en retrait, un transformateur. Pas d'issues, sauf par l'arrière : revenir sur nos pas et vite! Où sont les policiers? Elle est belle, la protection des inspecteurs!

– Pas un geste! Personne ne bouge.

Les deux bandits ont les bras gros comme mes cuisses, des jeans crasseux, des T-shirts infects, le visage mal rasé, ils sont affublés de bonnets ridicules et de lunettes de ski, c'est une manie, alors que le ciel est gris – voix métallique, implacable, tout nous pétrifie.

Des sirènes! Enfin! Il était temps. Les bandits se demandent d'où sortent ces bruits stridents. Trois motards surgissent derrière nous et un devant, juste à côté de la *Lancia*! Ils encerclent les deux malfrats. Les bandits se regardent et aussitôt se ruent sur nous. J'ai compris, ils nous veulent comme boucliers ou otages. Jamais!

– Dégage, fuis! que je crie à l'Agneau.

Je le pousse entre deux voitures. Il a pigé, il décampe. Étienne grimpe dans le poteau de ciment; c'est formellement interdit, mais il y grimpe quand même. Je suis seul face aux deux malabars. Je n'en mène pas large. Mes jambes flageolent. Je n'arrive pas à les décoller de l'asphalte. Je pèse des tonnes et le temps dure une éternité. Je pense à ma mère, je sors le système d'autodéfense. Je fais face. Et vlan! Deux puissantes giclées dans le visage repoussant du premier! L'autre hésite, pas moi : il a droit à sa ration.

«Ah!» crient les énergumènes et hop! la police met le grappin sur eux. Pris comme des débutants, messieurs!

– Bravo, les jeunes, réussite absolue. Je reconnais la voix, pas le visage derrière le casque à la visière noire. Oh! Oui! C'est l'inspectrice.

– Excellente idée que cette poivrière portative!

– Notre mère, Madame.

– Circulez, circulez, il n'y a rien à voir. Tout est terminé. Mais non, Madame, les enfants vont bien. Ne vous inquiétez pas. Une tentative d'extorsion, pas de danger, tout est fini. Oui, Monsieur, tout est beau. Merci de votre aide. Ah! vous êtes docteur; non, ils n'ont pas eu de malaise, et ceux-là, juste du poivre dans les yeux.

L'inspecteur vient de rassurer les gens.

– Bon, les enfants, êtes-vous en état d'aller à l'école?

On se regarde. On est encore secoués; que faire, que dire?

– Nous allons prévenir vos parents. Ne vous inquiétez pas, nous vous surveillons encore. Ces loustics ont sûrement des complices. Alors, que décidez-vous?

– L'école, déclare Étienne.

– Très bien, bonne route.

J'aperçois les deux bandits ligotés, menottes aux poignets. Cela m'effraie. De vraies menottes, pas en plastique! Tout s'est déroulé si vite! Nous marchons vers l'école. J'avance tel un automate. L'Agneau ne cesse de parler. Il raconte la scène à Étienne, comme s'il n'avait rien vu.

– Moi, j'étais perché dans le pylône.

– T'étais au courant.

Le petit frère est satisfait de sa blague. Étienne fronce les sourcils. Il n'est pas encore remis de l'attaque. Tout repasse dans nos têtes.

Seul l'Agneau commente le film. Les gens nous frôlent dans l'indifférence, sauf une personne qui nous glisse :

    – Bravo, les mômes, courageux de votre part.

Inconscients peut-être, pas courageux, que j'ai envie de répondre.

Nous voici devant l'école. Chacun regagne sa classe. Le directeur murmure quelque chose à mon prof. Jamais le directeur ne sort de son bureau à cette heure. Le prof lui jette un coup d'œil discret et hoche la tête affirmativement. J'ai l'impression qu'on s'est déjà parlé en haut lieu. J'espère que l'on sera indulgent avec nous, parce que je ne me sens pas du tout dans mon assiette. Même que mon assiette ne se sent pas non plus en moi. Voilà le petit déjeuner qui joue les alpinistes.

    – Est-ce que je peux...

Je n'ai pas le temps de finir ma phrase, ni d'attendre la réponse du prof : je me rue vers les toilettes et splash! Les tartines sont recyclées. Wouach! Je nettoie le rond de toilette avec du papier. Beurk! Mes yeux, mon nez sont trempés. Je me lave dans le lavabo. Je découvre mon visage dans le miroir, je suis d'un beau vert cadavérique, sur fond de moisi. Pouah! Je me relave, encore et encore. Je pue. Je respire un grand coup. Cela va mieux. Une surveillante m'interroge dans le couloir :

    – J'ai entendu, c'est passé?

    – Tout droit.

– Je suis au courant, veux-tu retourner à la maison?

– Non, d'ailleurs il n'y a personne. Je regagne ma classe.

J'espère que l'Agneau et Étienne n'ont pas réagi comme moi. On verra à la récré.

Je m'assieds discrètement à ma place. Mon prof de géo hoche la tête affirmativement. Il a tout compris. Il a l'idée géniale de nous passer un film pour illustrer sa leçon. La télévision scintille, les lampes sont en veilleuse, parfait pour moi.

Je retrouve l'Agneau et Étienne à la récréation. Eux aussi sont encore bouleversés.

– Qu'est-ce qui vous arrive? Ce matin, paraît que des motards vous ont arrêtés?

– Ouais, il y avait des bandits. J'ai vu de chez nous, juste avant de partir à l'école.

– Quelle bêtise vous avez encore commise, les gars?

Heureusement, le surveillant se pointe :

– Vous leur foutez la paix avec cette histoire. C'était rien qu'un contrôle de routine. Allez jouer, et que je n'entende plus rien à ce sujet. Sinon, je vous fous tous en retenue, compris? Vous, les trois, suivez-moi!

Le surveillant traverse la cour et se dirige vers le bureau du proviseur adjoint. Nous faisons cortège. Tous nous voient, même ceux qui font semblant de jouer. Nous voici dans le couloir de l'administration. Le surveillant nous indique des chaises.

— Attendez ici.

Il cogne à la porte du proviseur adjoint. Quelques secondes plus tard, il nous invite à entrer. Surprise! Devant nous, nos parents – ceux d'Étienne ne sont pas là –, l'inspectrice et l'inspecteur, un motard de la police en uniforme! Le proviseur adjoint se tient debout devant son bureau.

— Asseyez-vous, Mesdames, Messieurs. La parole est à la police.

— Les jeunes, vous êtes au courant, vos parents aussi, dit l'inspectrice. Passons aux dernières informations. Nous avons eu le temps de cuisiner vos agresseurs. Pas grand-chose à sortir de leurs ciboulots. Ils n'ont rien fait. Ils se prétendent au service d'une compagnie privée. Nous avons vérifié le nom de la compagnie, c'est bidon. Leur but : avoir des renseignements sur un détournement de fonds que votre oncle aurait effectué aux dépens de cette compagnie. Ils vous en veulent parce que vous détiendriez les renseignements en question. Impossible de leur en extirper davantage. Leur histoire ne tient pas debout. La parole est à vous, les jeunes.

Silence, que perce la voix brutale de l'inspecteur.

— On arrête de jouer. Vous savez ce que recherchent les bandits. Nous n'avons pas de temps à perdre. C'est quoi?

Nous sommes sidérés.

– Ne restez pas cois : c'est quoi?

– Quoi quoi? demande l'Agneau.

– Pas d'humour, jeune homme, c'est déplacé. Vous nous cachez quelque chose, depuis le début. Vous avez sûrement repéré dans le grenier de votre oncle ce que convoitent ces gaillards. Allez, vite, déballez votre histoire.

– Ben, euh...

– Lâche le morceau, le Loup, insiste l'inspectrice.

– On ne sait rien. Les bandits, oui!

– C'est un peu fort, personne ne sait rien, et nous, la police, encore moins que les autres! Vous jouez tous au ping-pong avec nous. Ça suffit!

Elle s'énerve, la dame. Et l'inspecteur encore plus. Nos parents sont figés. Le proviseur adjoint fixe son bureau ou l'horloge. Imperturbable, Étienne sourit.

– Pourquoi riez-vous?

– Moi?

– À qui je parle? Oui! Vous!

– Parce que mes amis sont des victimes, pas des malfaiteurs, et vous les passez à tabac, c'est ironique non?

– Monsieur veut nous faire la leçon? Pour qui se prend-il, celui-là? Que fabriquez-vous dans cette histoire?

– C'est à moi de vous le demander.

– Suffit!

Le silence, rien que le silence et les yeux angoissés de ma mère. Dans quel piège sommes-nous englués? Quel cauchemar!

L'Agneau va piquer une crise, je le sens. Ça y est, il éclate en sanglots. Ma mère veut le consoler.

– S'il vous plaît, Madame, laissez-le vider son sac, qu'on en finisse avec cette comédie!

– C'est mon fils tout de même, arrêtez de le torturer.

Bravo! ma mère, bravo! Ouf, elle nous comprend. Mon père l'approuve.

– Torturer n'est pas le mot adéquat, Madame.

– J'en ai assez de cet interrogatoire, Monsieur l'Inspecteur. Ces enfants sont innocents.

– Madame, nous devons connaître la vérité. Il y va de la vie de vos chers bambins. Qu'ils nous avouent tout et l'enquête avancera.

– Monsieur l'Inspecteur, laissez-moi leur parler, intervient papa.

– Je voulais vous le proposer, je vous en prie.

– Regardez-moi franchement dans les yeux, vous trois.

– Papa, on n'a rien fait de mal, braille l'Agneau.

Étienne ne sourit plus.

– Rien fait, Monsieur Travelle, murmure-t-il.

– On est allés au grenier, et puis, on a rapporté les agendas à la maison, on les a consultés, on n'a rien trouvé, sauf les chiffres par paires, point final.

Je suis essoufflé par cette courte déclaration.

L'inspecteur se frotte le menton, le front, les oreilles, remonte sa montre, qui j'en suis sûr n'a pas besoin d'être remontée.

– Je me demande s'il faut vraiment vous croire, les petits.

– On n'est pas si petits que ça, réplique l'Agneau.

Oh! Oh! Je sens que cela irrite le monsieur, ses nerfs sont à vif. Mon père nous fait signe de nous taire.

Les lèvres de l'inspecteur vont de droite à gauche, rapides grimaces, selon moi. Il détache même son dentier dans sa bouche, on entend des «plocs, plocs» humides. L'inspectrice, qui le zyeute, fait la moue.

Le proviseur adjoint prend la parole :

– Ces élèves sont normaux, sans malice, leur dossier de discipline est impeccable.

– Dossier de chaise, murmure l'Agneau qui a repris ses esprits.

Étienne retient un rire, je me mords la langue, sinon je vais pouffer.

Le proviseur adjoint continue :

– Nous avons confiance en eux. Je pense qu'ils disent la vérité.

Tout le monde regarde le proviseur adjoint. Je me demande ce qui lui prend. On ne l'a jamais entendu nous complimenter auparavant.

– Je me porte garant de nos enfants, affirme notre père.

– Ben oui, c'est ça! Couvrez-les, vos mômes. Je me doutais qu'on en arriverait à cela! Cette entrevue est un cul-de-sac : on n'a pas avancé; pire, on se noie! Nous sommes devant des muets, des malfrats qui déraillent et des élèves qui sont des anges!

– Des victimes, Monsieur l'Inspecteur!

– Vous avez raison, Madame, mais si c'était mes enfants, je les aurais sermonnés plus rudement. Je veux les sortir de cette histoire.

– Et?

– J'aimerais tellement que ces enfants nous donnent la clé. Ils nous parlent des coordonnées géographiques, mais nous les avons vues : les pages des agendas en sont farcies.

Silence. Chacun s'observe. Le proviseur adjoint reluque l'horloge.

– Bon, voilà ce que je propose. Nous allons essayer à nouveau d'extirper quelque chose des bandits qui se prétendent détectives. Il y a tentative d'agression sur trois mineurs. Vous, les jeunes, vous serez suivis par nos agents, soyez-en certains. On vous demande votre entière collaboration. Mais, dites-moi, là, dans le fond des yeux, ce que vous savez?

– Rien de plus, que je réponds.

– On va réfléchir à cela. À la prochaine! Merci de votre présence. Sans rancune, les enfants?

– Vous êtes méchant avec nous et nous, on n'a rien fait, grommelle l'Agneau.

– Désolé, petit gars, je ne voulais pas te peiner. J'ai des gamins de ton âge, vos copains. Crois-moi, cela me coûte de vous traiter ainsi. Mais je dois savoir, vous comprenez.

Là, je trouve l'inspecteur un peu plus humain. Je lève les yeux. Il me tend une vraie main, comme au basket ou au foot, et il me lance :

– Toi, le Loup, tu es le plus âgé, je compte sur toi. Voici notre adresse de courriel personnel. Tu nous contactes n'importe quand. On peut avoir confiance en toi?

– Oui.

– Alors, sans rancune?

– Sans.

Il salue Étienne :

– T'as un dribble fantastique, je t'ai vu l'autre jour au stade. Continue, le sport c'est la santé.

– Merci. Étienne sourit.

– Garde le sourire, cela fait du bien.

– Nous sommes désolés du dérangement.

Les trois, inspectrice, inspecteur et motard, nous quittent.

– Asseyez-vous.

Le proviseur adjoint poursuit :

– Vous comprenez, les jeunes, c'est normal, les enquêteurs ont besoin de renseignements. Ils comptent sur vous. Voici les consignes pour l'école : ici, vous ne dites rien, vous continuez votre travail comme d'habitude. Si quelque chose vous paraît anormal, vous m'avisez directement. De l'école à la maison ou au stade, prudence, même si la police vous suit. Pour cet après-midi, vous êtes dispensés de cours. Cela suffit pour aujourd'hui. Étienne, tes parents seront mis au courant. Je vais les appeler. Madame et Monsieur, n'hésitez pas à me contacter. J'aimerais que vous me disiez si votre fils sera du voyage au Sénégal dans une semaine, vu le contexte.

Mes parents sont pensifs.

– Nous en reparlerons, soupire maman.

Ouf! Il fait bon être dehors. Le printemps est dans la rue, mais pas dans nos cœurs.

Nos parents suggèrent d'aller se balader au Bois de Vincennes. Chouette!

On sort le ballon et on se défoule. Étienne affiche sa bonne humeur, l'Agneau fredonne de nouveau sa ritournelle, c'est bon signe; hélas! il ajoute quelques couplets :

Il était un bon tonton
Pirouette cacahuète
Il était un bon tonton
Qui avait une drôle de maison
Qui avait une drôle de maison
Sa maison est à Maisons
Pirouette cacahuète
Sa maison est à Maisons
Son grenier est encombré
Son grenier est encombré

Si vous voulez y monter
Pirouette cacahuète
Si vous voulez y monter
Vous vous ferez piéger
Vous vous ferez piéger
Le Loup y est monté
Pirouette cacahuète
Le loup y est monté
Il s'est fait coincer
Il s'est fait coincer
On le lui a reproché
On lui a pardonné
On lui a pardonné...

Cela nous permet d'oublier cette journée mouvementée. Dans ma poche, je sens la carte que vient de me donner l'inspecteur; je la sors, je lis son adresse de courriel. Comme c'est difficile de se relaxer, même avec un ballon au pied!

Chapitre douze

Police à domicile!

Après quelques heures de football, nous revenons à l'appartement. Avant, on dépose Étienne chez lui. Nos parents et les siens sont en grande conversation, sur le pas de leur porte.

– Mais si, entrez, je vous en prie.

– Non, non, nous sommes en retard.

Et patata, patatati, comme dit l'Agneau. Toute l'histoire se déroule, entrecoupée d'«Oh! là, là» et «Oh! mon Dieu!» de la maman d'Étienne et des «pas possible», «incroyable», «dans quel monde vivons-nous?» du père d'Étienne. Finalement, nous repartons pour notre appartement. Au pied de l'escalier, attendant l'ascenseur, l'inspecteur et l'inspectrice!

Justement, nous allions vous rendre visite! Ça va, les jeunes?

– Bof! éructe l'Agneau.

Nous montons l'escalier à pied en compagnie de l'inspecteur. L'inspectrice est avec mes parents dans l'ascenseur. À cause de la police, on se farcit huit étages, après une journée mémorable et une partie de foot au Bois de Vincennes. Et dire que l'on va ensuite se faire sermonner par la police!

Deuxième étage, troisième, quatrième : nous sommes muets. L'inspecteur parle.

– Vous êtes en superforme, les gars. Mes enfants aussi sont sportifs. Nous jouons au foot ensemble. On aimerait que vous soyez membres de notre équipe des Lions.

Pas de réponse de notre part. Ce n'est pas le temps d'être sympa après les réprimandes de la matinée.

Je dois reconnaître que ses enfants sont des as, des gars sympas, pas prétentieux.

– Le Loup, je t'ai vu, l'autre jour : très bien, tu tiens ta position. Il faudrait que tu sois un peu plus offensif, selon moi.

Septième étage. Parler en montant, cela m'essouffle, pas lui; pourtant il est vieux, au moins trente-cinq ans.

Et huit!

La porte est entrouverte, les parents viennent d'entrer.

– Asseyez-vous, je vous en prie.

– Merci.

– Nous sommes là pour faire le point, explique l'inspecteur. Nous avons interrogé vos agresseurs.

– Pas torturé, j'espère

– L'Agneau s'affole.

– Non. D'ailleurs, ce serait inutile. Ces gars sont paumés. Casier judiciaire vide. Une formation éclair d'assistants-détectives, scolarité minimale, embauchés récemment par une compagnie de filature en tout genre.

– Filature? Coton, tricot, me glisse l'Agneau.

Mon frère est fou, je vais éclater de rire. Je me mords la langue. Quel idiot, ce frangin! Quand il se met à débloquer, impossible de l'arrêter.

– Ils travaillent pour cette compagnie pour la première fois! Nous avons contacté la compagnie. Ce sera leur dernier contrat. Vous me suivez?

– Où? marmonne le frérot.

Encore une bêtise et je pouffe.

– Cette compagnie est payée par un Monsieur Ragot pour enquêter sur votre oncle. Nous avons vérifié, c'est un nom d'emprunt, une couverture.

– Une couverture de la filature? Ragot, le magot! ironise l'Agneau à voix basse.

Je ne peux plus me retenir. L'Agneau se bidonne.

L'inspectrice attend que l'on se calme. Elle sourit, l'inspecteur aussi. Du coup, mes parents relaxent.

– On vous sert quelque chose?

– La paluche serre la paluche à la « pauliche », susurre l'Agneau.

– Bon, ça suffit! L'Agneau, du respect.

– Non, nous sommes en service, ce n'est pas autorisé.

– Vous n'êtes pas en uniforme, et vos enfants, Monsieur l'Inspecteur, fréquentent la même école que les nôtres.

– Exact.

– Alors?

– Une bière, si vous y tenez.

– Vous, Madame?

– Non... enfin si vous insistez, il est vrai que mes heures officielles sont terminées; alors, un doigt de porto.

Corruption de fonctionnaires, sous notre toit : elle est belle, la société! Je retiens mes pensées. Enfin, au point où on en est dans cette journée chaotique, et avec cette histoire de bandits branquignols et amateurs...

– Où en étais-je? Ah oui, un certain Ragot moins.

– Et que venons-nous faire là-dedans? Pourquoi ces gars nous suivaient, même ce matin?

– Impossible de leur en demander plus. Ils jouent les innocents, presque des simples d'esprit. Je me demande, vous n'auriez pas sur vous une feuille d'agenda, un truc qu'ils veulent absolument?

– Rien, regardez.

Je retourne les poches de mes shorts. L'Agneau vide les siennes. L'inspecteur se gratte le ciboulot.

– À partir de là, que conseillez-vous, Madame, Monsieur? À votre santé, déclare mon père.

Ils trinquent. Nous avons droit à des jus de fruits, ni fermentés ni alcoolisés, le tout bio!

– Ces gens vont rester sous les verrous. Il y a tentative d'agression sur mineurs, entrée par effraction dans un domicile, vandalisme. Nos limiers épluchent les comptes de l'agence de détectives : rocambolesque, je vous dis. Pas beaucoup de traces du Ragot en question. Il a payé comptant et a exigé des résultats immédiats. Il a dû tout observer, et maintenant il va se planquer et faire bouger ses pions. À nous de rester sur nos gardes.

Le silence s'étale dans le salon.

– Quelle histoire, mon Dieu, quelle histoire! gémit ma mère.

– Voilà, répond l'inspecteur.

Le silence poursuit son étalement. C'est invisible et pourtant pesant.

– Question : et le tournoi au Sénégal?

Nos parents sont surpris.

– Je vous pose la question, poursuit l'inspecteur, car c'est très bientôt, j'en ai parlé avec Monsieur Lavoulte, l'entraîneur : on verrait bien le Loup dans l'équipe. Que comptez-vous faire?

– Pour moi, c'est non, répond ma mère.

– Négatif, pour moi aussi.

– Bon, là je parle en tant que président de l'équipe et parent de joueurs. Le Loup a des aptitudes indéniables pour le foot.

Je gonfle les épaules. L'Agneau s'esclaffe.

– Je poursuis...

– Le ballon, la conversation ou les bandits? me souffle l'Agneau.

Comment voulez-vous être sérieux quelques minutes avec un frangin pareil?

– Donc, le Loup serait une excellente recrue pour nous. Nous partons dans cinq jours exactement. Je dis bien *nous*. J'accompagne le groupe, il y aura également d'autres parents. J'ai pris un congé de quinze jours, ma collègue fera le suivi de l'enquête ici.

– Vous voulez dire que...

– C'est ça, Monsieur, le Loup pourrait nous accompagner en plus de rencontrer pour la première fois sa cousine. Génial, non?

Je suis abasourdi. Vraiment sympa, cet inspecteur-président.

– Mes deux fils jouent dans l'équipe. J'ai à cœur leur sécurité et celle de mes enfants. D'autre part, je suis déjà en relation avec des collègues sénégalais au sujet de cette affaire. Et l'occasion est idéale pour approfondir l'enquête. Le Loup serait sous ma protection personnelle. Je prends des risques, ce qui fait partie de notre métier.

– Non, non, ronchonne ma mère, non, nous sommes trop inquiets.

– Je partage le point de vue de mon épouse.

Et moi là-dedans? On ne me demande pas mon avis? Au fond, c'est peut-être mieux. Je suis très secoué par ce qui nous arrive. Nous n'aurions jamais dû mettre les pieds dans le grenier d'El Nan.

– Le Loup pourrait loger chez sa cousine, en toute confiance.

– Non, n'insistez pas. Une autre bière? Du porto, Madame?

– Non merci, Madame, il est tard. Il faut que j'aille à la garderie prendre la petite, s'excuse l'inspectrice.

– On se contacte. N'oublie pas, le Loup : que tu viennes ou non, tu peux participer aux entraînements. Mercredi, j'y serai. Nous comptons sur toi. Merci à vous de votre hospitalité.

– Je vous en prie, c'est la moindre des choses, répond mon père à l'inspecteur. Et cela permet de se connaître. J'ignorais que vos enfants et les nôtres étaient des amis.

– Vous savez, les miens ne chantent pas sur les toits que leur père est inspecteur. On souhaite une certaine discrétion.

– Merci de votre visite.

Et patati et patata, ils prennent le «descenseur», comme le mentionne l'Agneau.

On se retrouve dans le salon.

– Mon Dieu, quelle journée! Je reprends une bière; tu es bonne pour un autre porto, chérie?

– Pourquoi pas. Après tout, demain c'est congé.

– Et puis? Que pensez-vous de cela, les jeunes?

– Je ne vois pas pourquoi le Loup partirait et pas moi.

– Ces billets coûtent une fortune, et puis je trouve que c'est imprudent.

– Une fortune? Les autres parents paient.

– Si c'est si bon marché, pourquoi vous ne financez pas vous-mêmes votre propre voyage? D'accord, ils ont des contributions à droite et à gauche, mais il y a un an de travail de la part de vos copains. Quand tout sera éclairci, on y repensera. On ira tranquillement en Afrique. Pourquoi se précipiter? Jamais entendu parler de votre cousine et vlan! Faut y aller, au pire moment.

– Ben, c'est une coïncidence! Faut en profiter. Ce n'est pas tous les jours qu'une équipe de football de notre ville se rend dans ce pays!

– Oui, mais nous ne nageons pas dans la fiction. Nous sommes dans la réalité, avec un Ragot qui surgit au milieu de cela. D'où sort-il celui-là? Que veut-il? Sûrement pas du bien.

– La réalité est bien plus forte que la fiction.

– Justement, le Loup, tenons compte de la réalité. J'ai dit non, quand c'est non, c'est non! Allez, donnez-moi un coup de main pour le souper. Voulez-vous mettre la table? Nous sommes passés chez le traiteur marocain.

– Chouette, du couscous, cela va nous mettre dans l'ambiance africaine.

Nous mangeons en silence. Puis, la digestion requiert toute notre énergie. Les pois chiches ballonnent nos ventres. Nous sommes assoupis devant un film navet. L'explosion des voitures nous laisse indifférents.

Papa s'est isolé dans la section bureau de leur chambre. Je suis allé l'espionner. Il était assis dans son fauteuil, *Le Monde* lui avait glissé des mains et les lunettes, du nez. Ma mère somnolait, le magazine *Elle* dans les mains. Dans le salon, l'Agneau tentait de digérer, la télécommande mollement retenue dans la main droite. Le couscous se frayait un chemin dans sa tuyauterie aux sonorités aquatiques. J'en ai profité : l'ordinateur familial était libre, à moi l'écran. J'ai ouvert ma boîte de réception. Chouette! une lettre de Roseline. Je commence à lire et je n'en crois pas mes yeux!

Chapitre treize

De Paris à Dakar

*B*onjour les cousins,

Votre lettre m'a fait un grand plaisir. Nous l'avons, ma mère et moi, lue et relue. Nous avions eu du courrier très gentil de vos parents, mais jamais de vous. Quel plaisir de savoir qu'un jour nous nous rencontrerons! Je vous envoie, en fichier joint, une photographie de nous dans notre petit appartement de Sor. Comme vous pouvez le voir, c'est très modeste, mais nous sommes privilégiées, par rapport à bien de nos concitoyens. Je dois d'ailleurs préciser que nous nous sommes fait voler récemment, en particulier deux masques donnés à papa par un chef de village. Pas besoin de vous dire que c'est une grosse perte sentimentale pour nous.

Je ne peux malheureusement pas vous écrire plus longtemps aujourd'hui, l'ordinateur sur lequel je compose ce texte ne sera plus disponible pour moi dans quelques secondes, d'autres clients attendent leur tour.

Je vous embrasse tous et ma mère aussi.

Roseline

La photographie me révèle une cousine assez grande pour ses dix ans. Elle a un beau teint cuivré, de larges yeux curieux, des cheveux crépus très fournis. Sa mère, tout aussi brune, semble triste. Elle porte un magnifique vêtement africain ample et une coiffe artistiquement posée sur la tête. La maman contraste avec la fille surtout dans l'habillement. Roseline est vêtue de la même façon que nos copines de classe.

Sur les murs, je note les taches claires laissées par la disparition des masques. Encore une fois, l'énigme s'épaissit. Les malfrats travaillent en coordination en France et au Sénégal. Les masques de notre oncle les attirent au plus haut point.

Nos parents commencent à être divisés au sujet de mon voyage en Afrique. Papa est plutôt favorable. La présence de l'inspecteur à nos côtés est un argument de poids. Je n'ai pas parlé à mes parents du courriel de Roseline. Ils sentiraient alors que la menace est aussi présente au Sénégal qu'ici. Les entraîneurs exercent une pression discrète sur mes parents. Un romancier qui oserait faire croire à ses lecteurs que les faits s'agencent ainsi, par pur hasard, déclencherait les foudres des critiques. Comment justifier que l'équipe locale de football se rende dans ce pays précis, et pas un autre, et qu'en plus on ait besoin d'un joueur à la dernière minute? Peu crédible, pourtant c'est la réalité. Comme dit mon père : qui dicte votre destin, au petit matin?

À quoi bon s'interroger? Les faits sont ainsi. Quelle fabuleuse coïncidence! « Il faut savoir en profiter. » Finalement, maman cède. Elle accepte tristement, se résigne à contrecœur. Elle exige de nous « une prudence extrême ». Il s'agit bien de nous, l'Agneau et moi. Comment, en effet, favoriser un seul des enfants, surtout pour un voyage aussi cher? Les quelques jours qui précèdent le départ sont très occupés, visite médicale, vaccins (administrés in extremis), entraînement intensif, réunions préparatoires sans ou avec les parents, rencontre de Sénégalais, projections de films et de diapositives. C'est d'ailleurs dans ces ultimes séances, que je me rends compte de la chance extraordinaire que nous avons, mon frère et moi. Je constate aussi combien ce pays est différent de la France, malgré certains aspects semblables. Chaque jour nous rapproche du départ et je sens des frissons, l'appel de l'aventure et le regret de quitter nos parents. Depuis l'arrestation des pseudo-détectives, nous n'avons pas été inquiétés. Il faut dire que la police nous suit discrètement.

Je n'emporte pas beaucoup de choses là-bas, l'essentiel et mes vêtements de sport. Je n'oublie pas un cadeau pour Roseline et un pour sa mère.

Demain, nous partirons! Ce dernier souper oscille entre la joie et la peine de quitter nos parents. Tout le temps passé depuis notre première entrée dans la maison de notre oncle, et ces jours d'inquiétude, ont uni notre famille. Quelle joie aussi de pouvoir rencontrer notre cousine, notre tante, dans ce pays qu'El Nan aimait comme le sien. Cette nuit, je repense à notre oncle. Mon déchirement, combien de fois l'a-t-il ressenti lors de ces multiples départs vers l'Afrique? Des mois, des années s'écoulent dans le même lieu et, subitement, vous faites vos bagages et vous voici en route vers un aéroport.

Je suis encore bouleversé par le cours si rapide des événements, par la complexité de l'histoire dans laquelle nous sommes plongés, par ces dix années de silence et la découverte de notre famille africaine. Trop de questions, si peu de réponses, et déjà la porte de l'appartement se referme, l'ascenseur nous conduit, puis la voiture. Les quartiers familiers, les autoroutes habituelles cèdent la place à l'aéroport.

L'Agneau a le visage livide, les yeux cernés. Je ne vaux guère mieux. Mon petit frère se colle contre maman.

– Voyons, l'Agneau, tu reviens dans dix jours.
– Pourquoi vous ne nous accompagnez pas?
– On aurait bien aimé, tu sais.
– J'ai peur.
– De quoi?
– Des bandits.

L'Agneau s'effondre. Maman le serre dans ses bras.

Maintenant, maman est triste. Les yeux de papa sont pleins d'eau.

Beaucoup de monde dans les halls de départ. Nous rejoignons le groupe. Les gars gigotent dans leur uniforme propre, échangent des chewing-gums, se donnent des airs de sportifs professionnels hautement mobiles, comme dirait mon père. L'inspecteur est en compagnie de ses enfants. L'entraîneur Titi 1er prodigue conseils et consignes à sa troupe. Dans l'équipe, l'ordre règne!

Notre équipe comprend quelques filles, conduites par Marie-Hélène, leur chaleureuse monitrice. Ces amies joueront avec nous, elles participent déjà à nos matchs mixtes et ce n'est pas moi, le nouveau, qui vais me plaindre d'une présence aussi agréable et efficace. Ces joueuses ont plus d'expérience et de talent que moi!

Étienne et ses parents arrivent, cela efface un peu notre chagrin. Quelle idée j'ai eue de vouloir partir au Sénégal? L'Agneau est jeune, quelle responsabilité pour moi! Une boule d'angoisse m'opprime. Moi qui m'enthousiasmais pour ce voyage! Mais, si on m'ordonnait de ne pas partir, en ce moment même, je serais très déçu, ça je le sais au fond de moi. Maintenant il est trop tard, nous enregistrons nos bagages.

Non! Non! Je ne laisse pas ma valise partir! On ne la reverra jamais. Je veux la mettre sous mon siège. Le Loup, est-ce qu'il faut qu'on rampe par là, nous aussi?

L'Agneau me montre le trou qui avale les bagages.

Je rassure le petit frère.

Les minutes filent comme des secondes.

Les gens font la queue, Noirs, Blancs, se parlent, un monsieur même se parle tout seul!

Un couple, l'homme les bras chargés de sacs, les passeports et les billets serrés dans la bouche. Il pose ses sacs et râle :

– Quel cirque ici!

Il s'essuie le front du revers de la main.

– Prends donc ton mouchoir, chéri.

– Arrêtez de pousser! Faites la queue comme tout le monde! ordonne le monsieur.

– Vous appelez ça la queue! Tout juste un amalgame de voyageurs impolis, lui réplique une dame joliment maquillée.

– Je vous ferai remarquer que vous faites partie de ce troupeau, Madame. Vous n'êtes pas en Afrique ici! Vous êtes en France, Madame.

– Je le sais que nous sommes en France, Monsieur, rien qu'à vous entendre rouspéter.

Les passagers se calment.

Les valises tournent devant nous, s'éloignent sur le tapis. Elles sont happées par le convoyeur, sous l'œil inquiet de l'Agneau.

Je regarde mon père. Il sourit, les mâchoires serrées. Discrètement, maman sort un mouchoir et s'essuie les yeux. Heureusement, l'Agneau n'a rien remarqué. Cela me fend le cœur.

Dernière barrière, le temps des adieux.

Ultimes bisous et poignées de main, on part. Je dois me montrer solide. Les autres joueurs sont plus habitués que moi à ces déplacements. Ils forment un groupe et s'en vont en rigolant et sautillant. Je me retourne une dernière fois. Maman et papa m'aperçoivent. Maman s'essuie la joue. Je tends la main. Nous entrons dans un couloir, puis pénétrons dans une salle d'attente.

Au revoir papa et maman, bonjour tante et cousine. Quelle chance d'avoir de la famille là-bas! Le départ accélère le rythme de mes neurones. Je pense au passé, au futur, le présent est une salle d'attente, un peu comme la vie, peut-être. Finalement, dans la vie, on attend toujours quelque chose, quelqu'un, un geste. Au revoir Paris, au revoir la petite chatte de la maison d'El Nan, au revoir la France.

Nous nous asseyons dans l'avion, Étienne à ma gauche, l'Agneau à ma droite. Le frangin manipule les écouteurs, feuillette les revues, tend le cou, observe le va-et-vient sur la piste. Il porte fièrement le bijou talisman, pendentif, médaillon offert par El Nan. J'ai mis le ceinturon, cela a déclenché le système de sécurité, mais rien de grave. Étrange destin de ces objets, ils retournent dans leur pays d'origine.

J'observe le pendentif.

– Fais voir de plus près.

– Quoi?

Je retourne le bijou, l'examine. Sur le revers, je remarque de minuscules traits. On dirait des chiffres. Je n'avais pas prêté attention à cela avant. Dommage, je n'ai pas de loupe.

On nous signale, d'une voix suave, le décollage immédiat. L'avion prend de la vitesse, mon cerveau aussi.

Ici, ces marques : celles que recherchent les bandits? On s'enfonce dans les nuages. On en sort, tout rapetisse en bas. Ça y est! Ils nous suivaient pour avoir le pendentif!

— Qu'est-ce qu'il a, mon pendentif? me demande l'Agneau.

— As-tu trouvé quelque chose? questionne Étienne.

— Des signes.

— Mesdames, Messieurs, par mesure de sécurité, nous vous recommandons de garder votre ceinture bouclée...

Le soigneur a une loupe dans sa trousse de premiers soins.

Je la lui emprunte. Je reviens à ma place. J'arrive à lire les chiffres, ils vont par paires.

— Latitude, longitude, cela devient une habitude!

— Tilt sur le magot, me confie Étienne.

Je prends le pendentif et cherche l'inspecteur. Il est assis en compagnie des jumeaux.

— Salut, le Loup. C'est chouette l'avion, hein! me lance Jacques, le plus blond des deux.

— Super! hein? ajoute Jean, le jumeau identique.

— En forme, Ti-Loup? L'inspecteur Bellec sourit. Sa carrure en impose.

— J'ai découvert quelque chose, je lui tends le pendentif.

– Ah! l'amulette. Je l'ai déjà vue, ton frère la porte tout le temps.

Il braque la loupe sur le pendentif. Il me fixe de ses yeux perçants, un vrai scanner. Son regard aigu devient vite insoutenable. Ses doigts lisent comme du braille.

– Quatre chiffres, murmure-t-il. Est-ce le gros lot?

– Voilà les chiffres, je les ai lus à la loupe.

– Merci, à suivre, dit-il en hochant la tête. Il se tourne vers les jumeaux : silence O.K.!

– O.K.! répondent-ils à voix basse.

– Tu dis à l'Agneau de le garder tout le temps. De ne jamais de le laisser traîner. On fera le point dès l'arrivée.

Il soupire un grand coup, me serre la main.

– Tu as tout compris, le Loup, renforce la prudence.

Je regagne ma place. Oui, j'ai pigé : tout autant que les coordonnées figurant dans les agendas, celles du pendentif intéresseraient nos énergumènes. Le pendentif et les autres coordonnées seraient la clé, mais de quoi? Prudence renforcée, cela veut dire que la menace pèse sur nous.

– Mesdames, Messieurs, nous allons servir le repas...

Les conversations que l'on capte sans le vouloir procurent parfois un plaisir de fruit défendu :

– Moi, je vous dis que la dernière fois ils nous ont servi du poulet.

– Vous n'y êtes pas du tout, Madame Pétoche.

– Mon nom, c'est Patouche, pas Pétoche; combien de fois faudra-t-il que je vous le répète?

– C'est ça, nous avions mangé des pâtes. Vous aviez taché votre tailleur jaune.

– Peut-être, quoique je ne porte jamais de jaune.

– Vous vous souvenez de notre guide, un charmant Sénégalais.

– Mais non, c'était une jeune fille de Saint-Louis.

– J'y pense, nous n'étions pas dans le même groupe.

– Ni dans le même autocar.

– C'était pourtant bien le même pays!

– Quel bel accent ils ont! Et qu'est-ce que nous avons bien mangé!

– C'est donc votre deuxième fois, vous aussi?

– Non, ma troisième!

– Moi, c'est l'argent qui me dérange, je ne sais jamais ce que j'ai dans la poche.

Avec leurs sacs et leurs chapeaux assortis, d'un bleu pâle, ces sympathiques retraités sont plus bruyants que notre équipe de football et plus en forme!

– Quand est-ce qu'on bouffe? lance le râleur du départ.

– Calme-toi, chéri. Si t'as vraiment faim, j'ai apporté un petit restant de choucroute d'hier. Il est dans le sac.

Le personnel pousse les chariots pour les passagers de première classe.

– On se contentera des restes... Vous les jeunes, vous devez avoir faim (et il se tourne vers nous).

– Eh oui, dis-je poliment.

– Vous êtes des footballeurs, ça se voit. Tiens, moi, j'ai longtemps joué, ailier droit. J'aurais jamais dû arrêter. Regardez ce que je suis devenu.

Je m'abstiens de répondre. Finalement, c'est un râleur sympa, un bon vivant.

– Je suis grand-père. Les petits-enfants vont bientôt prendre la relève pour le foot. Le Sénégal, c'est un rêve. Vous jouez où?

– Maisons-Alfort.

– Au Sénégal?

– D'abord Dakar, deux matchs, ensuite Saint-Louis, deux aussi.

– J'aimerais vous encourager. Au Sénégal, ils sont excellents, le foot y est une passion. Tous des champions. Ils jouent dans des clubs partout en Europe. J'espère que vous serez à la hauteur. Il y va de l'honneur de la nation!

L'hôtesse lui présente le plateau et cela met un terme à la conversation.

Un agent nous tend nos plateaux.

En arrière, le débat reprend :

– Vous voyez, c'est du poulet, Madame Pétoncle, comme la dernière fois.

– Patouche! Et ce n'était pas du poulet, vous m'avez dit tout à l'heure que nous avions eu des pâtes. – Bon appétit tout de même, Madame Aurélie.

– Moretti.

– À la vôtre!

Le râleur sympa nous montre son verre de vin, et lance : «bonne chance!»

Nous levons nos verres d'eau.

Nous sommes dans la nuit au-dessus des nuages. Aucune lumière en bas, nous confirme Étienne assis près du hublot. Tout l'avion travaille des mandibules. J'essaie de repenser à ce que nous avons vécu. Je ne comprends toujours pas comment s'agencent les éléments ni ce qu'il y a de si important pour justifier un tel intérêt sur nos petites personnes. J'imagine notre arrivée au petit matin à Dakar. Roseline et sa mère ne seront pas là. Saint-Louis est loin. Nous les verrons dans trois jours. Demain, repos et balades en ville en autocar; après-demain, mardi, premier match à Dakar; mercredi, départ pour Saint-Louis en autocar. Nous serons quelques jours à Saint-Louis. Je vérifie le programme. Jeudi : visite de la ville, première rencontre amicale avec les équipes; vendredi : match officiel; samedi repos; dimanche : deuxième et dernière partie.

J'ai peu lu sur le pays. Nos copains sont plus informés que nous. J'ai feuilleté les magazines qu'ils nous ont prêtés. Dakar, la grande capitale, ses immeubles modernes, ses marchés colorés, son intense circulation. Saint-Louis, la noble cité, les vénérables maisons, le fleuve gigantesque, la Langue de Barbarie (nom étrange pour une péninsule de sable), le parc des oiseaux. J'en ai la tête qui bourdonne. Pour un peu, j'en oublierais le foot et les bandits!

Repas terminé. On nous enlève les plateaux. Les lumières sont en veilleuse. Pensées émues pour nos parents, qui doivent trouver vide et trop grand notre appartement.

L'avion glisse dans la nuit et nous dans le sommeil.

Chapitre quatorze

Dakar!

« M esdames et Messieurs, nous vous prions de regagner vos places, d'attacher vos ceintures en vue de notre arrivée dans dix minutes à l'Aéroport international Léopold Sédar Senghor de Dakar. Ladies and gentlemen...»

L'Agneau et moi émergeons du sommeil.

– Pourquoi regagner nos places? On y est! ronchonne l'Agneau.

Étienne s'étire, regarde par le hublot.

– On aperçoit des lumières, il fait encore nuit, il n'est que cinq heures du matin, bâille-t-il en regardant sa montre.

Mon cœur joue au trapèze. Il s'affole : voici le moment historique, solennel, mes premiers pas en terre africaine, au pays de nos cousine, tante, oncle! Nous allons rencontrer les êtres qu'il a aimés, celle qui aurait pu devenir son épouse. Ce sera dans quelques jours. L'Afrique! Je suis excité, quelle chance inouïe! Il y a un mois, je n'aurais jamais imaginé un tel voyage. Dans le fond, malgré les tracas, cette visite, à la maison d'El Nan, nous conduit vers des personnes chères. Si seulement les dingos pouvaient nous laisser tranquilles. Sommes-nous en train de nous jeter dans la gueule du loup? comme disent ceux qui ne connaissent pas les loups.

Nous sommes en compagnie de l'inspecteur, alors je laisse de côté les angoisses. Nous amorçons notre descente, pourvu qu'elle ne soit pas vers les enfers!

– Superbe! s'exclame Étienne.

On se penche, les colliers d'une immense ville brillent dans la nuit.

Dakar! Je rêve! Dakar! Vive l'Afrique! Je suis follement heureux.

Mon Dieu que c'est beau! Dans les lueurs de l'aube, des vagues luisantes ourlent l'océan sombre. La ville scintille, les phares des voitures, les lumières des immeubles, des autoroutes, dessinent un tapis d'étoiles, des comètes d'émeraude vive palpitent dans le petit matin.

Mon cœur bondit. Nous voici dans la capitale du Sénégal!

À peine sommes-nous sortis de l'avion que la chaleur humide nous enveloppe comme une couverture.

Il est 5 h 30. Dans le lointain, pointe l'aurore. Un vent léger balaie la piste où s'activent les tracteurs à bagages, les camions-citernes, les véhicules à lumières clignotantes. L'aérogare étincelle de tous ses feux.

Des senteurs inhabituelles viennent me chercher. La brise chaude porte des odeurs de végé-
taux, de terreau, de sable moite, d'océan, de
cuisine pimentée, qui invitent le jour. Température idéale, maternelle, le matin se lève pour
moi; on devine que, dès les premiers rayons du
soleil, tout peut se transformer en fournaise. Je
profite au maximum de la douceur. Ces quelques pas sur la piste, en direction de l'aérogare,
me marquent; j'y vois l'accueil de ma cousine,
ma tante, et une salutation amicale de mon oncle.
Je sais, on me dit souvent que je ne raisonne
pas comme un enfant. Si je ne suis plus un
enfant, je suis un adulte qui restera toujours un
peu enfant; enfant, j'étais déjà un peu adulte.
Comprenne qui voudra. Petit, je m'ennuyais de
certains jeux offerts, plus grand je ne comprends pas la dureté et le sérieux constant des
adultes. Trop d'entre eux ne veulent plus rire.
Oh! que de pensées profondes en quelques pas
sur une piste étrangère. Ainsi va la vie, vous
découvrez subitement des aspects de vous-
même dans un lieu et à un moment inattendus.
J'écris cela, parce que mes premiers pas en
Afrique baignent dans une atmosphère entre la
nuit et le jour, entre l'avion et la ville, entre la
France et le Sénégal, entre moi petit et moi adulte.

— Quelle chaleur! s'exclame l'Agneau.

— Et nous sommes le matin, lui répond
Étienne; faudra vous habituer, les gars!

Les Parisiens marchent plus lentement qu'hier. On ne court plus. On ne s'énerve plus. Est-ce l'effet de la nuit ou du repas trop arrosé de certains?

La terre africaine m'envoie des messages de bienvenue : odeurs de feuilles, bruissement des palmiers, balancement des plantes près de l'entrée, vol des insectes, huile des véhicules, un peu d'iode océanique pour agrémenter le tout.

Le personnel s'active auprès des chariots de bagages. Sur le carrousel, un vieux sac en toile tourne sans fin, sous des yeux fatigués. Nos sacs à dos sont aisément repérables à leurs longs rubans rouges. Les valises des autres passagers sont souvent noires et à roulettes!

Les manutentionnaires rient, nous observent ou nous ignorent ; des visiteurs, ils en ont vu passer! Henri 1er organise militairement notre progression. Il surveille tous et tout, pas un sac ne reste sur le carrousel.

L'air chaud et humide s'infiltre dans l'aérogare. Des douaniers nonchalants, d'autres sévères et scrutateurs, des policiers, des gendarmes, des agents de compagnie se faufilent au milieu des passagers.

Nous voici dehors! Valises, sacs, rubans rouges et le soleil, rouge aussi, à l'horizon.

Subitement, il fait plein jour.

Nous roulons dans un autocar loué par l'équipe de foot. Je suis collé à la fenêtre, l'Agneau aussi. C'est ça, l'Afrique! Incroyable! Les vendeurs de statues et de souvenirs ont bien vu que nous n'étions pas des clients, ils suivent obstinément les touristes fraîchement débarqués. Nous quittons l'aérogare, en route vers la capitale. Je note dans mon calepin mes premières impressions. Cela fait très reporter, mais je me dis que plus tard, si je reviens ici, j'aimerais savoir ce que je pensais alors, et alors c'est aujourd'hui.

– On en prend en pleine poire, me confie l'Agneau en souriant.

Quel paysage! Il y a des cocotiers, dans le lointain, et une intense circulation autour de nous. Des gens marchent au bord de la route, des femmes, des enfants, des chiens, des ânes, des moutons qui broutent dans des tas de poubelles. Les vêtements sont colorés, oh! que Paris est terne. Les fourgonnettes-taxis « toutes directions », aux noms savoureux, méritent parfois l'appellation de véritables œuvres d'art ambulantes. Des véhicules, hybrides de plusieurs marques, surchargés de gens, de produits, de ballots, penchent dangereusement.

Le ciel voilé laisse filtrer un peu de bleu. Des cases, des maisons en bois, des gens qui traversent la rue en courant, des chiens maigrelets et, au milieu, des pauvres gens qui chassent les mouches tournant autour de leurs plaies. Des poules picorent dans un tas d'immondices. Des enfants nous font des signes amicaux.

Je suis dépaysé, pourtant je ne découvre pas ce pays de la même façon qu'un touriste habituel. Nous avons de la famille ici. Nous sommes liés à ce pays par le sang. Étrange sentiment. Ces enfants pourraient être mes frères, mes sœurs.

– Vous aimez? nous demande Étienne.

– C'est frénétique! lui dis-je. Il y a tant de monde, si actif tôt le matin.

– On s'empresse d'en faire le plus avant la chaleur. Entre midi et deux heures, c'est le calme plat, la sieste.

– Nous aussi?

– Je pense que oui. La chaleur vous écrase. Faudrait vérifier le programme, mais la sieste est toujours conseillée.

– La sieste? Jamais fait, répond l'Agneau.

– Chez nous, même en France, quand nous le pouvons, on ne se prive pas de ce plaisir, dit Étienne.

Pour l'instant, je ne somnole pas, le spectacle me fascine.

Des boutiques s'alignent dans les petites rues. Des gens déjeunent sur le pas de leurs portes. Certains mangent des baguettes, comme en France. Je reconnais même des boîtes de *Vache qui rit*. J'écris tous ces détails, cela donne un air de vécu, de réel, comme dans *Tintin*, avec la touche vraie! Des odeurs de feu de bois, de paille, d'essence se mêlent à des souffles de moteur. Des charognards planent au-dessus des débris. Des paraboles de télévision, bricolées maison, concurrencent les antennes dernier cri. Quelques maisons sont entourées de murs hérissés de tessons de bouteille aïe! aïe! les voleurs! Plus nous approchons du centre, plus la circulation s'intensifie. Un quartier d'immeubles blancs, en hauteur, domine la ville. Dakar s'étale, grouille, bouge, parle, crie, danse et chante. Un minaret aimante un quartier de maisons basses. Trois enfants sur un même vélo, une vieille charrette et un vieux cheval, une femme et trois calebasses sur la tête je l'admire, elle marche comme une reine.

Médusé par le paysage, l'Agneau a la lippe pendante.

L'entraîneur nous observe, il sourit. Je lui fais un signe de la main. L'inspecteur me répond avec le pouce en l'air. Je me sens en confiance parmi cette équipe de foot. Tant de jeunes voudraient être à notre place. Je me pince, non je ne rêve pas. Dakar est un théâtre en plein air, une fabuleuse scène dans laquelle nous allons jouer. J'espère être à la hauteur des attentes. Vu l'énergie que les gens déploient autour de nous, il va falloir que je me dépasse. J'en oublie presque l'histoire d'El Nan.

L'autocar s'arrête devant un collège.

En descendant, l'inspecteur me dit :

– Le Loup, faudra que je te parle tout à l'heure. J'ai pensé à quelque chose d'intéressant.

– D'accord.

Je n'ai pas le temps d'en dire plus. Les autres attendent pour sortir de l'autocar. Cela m'intrigue. Qu'est-ce qu'il a donc de si important à me dire? A-t-il de l'information nouvelle ou une idée?

On récupère nos bagages dans les coffres latéraux et on chemine vers le dortoir.

– Vos affaires sous vos lits. Pas de nourriture, biscuits, ou chocolat, cela va attirer les fourmis et les cancrelats. L'eau potable est ici, ne prenez pas l'eau du robinet, vous n'êtes pas habitués. Remplissez vos gourdes au besoin. Comme toujours en déplacement, vous rangez vos affaires, vous faites votre lit. Vos serviettes sècheront sur le fil là-bas. Vous fermez toujours les portes, et on ne touche pas aux moustiquaires des fenêtres. Vous avez votre programme. Vous savez ce qu'on a prévu aujourd'hui. Je vous recommande de vous changer. Il fait chaud, n'oubliez pas votre crème à ne pas bronzer et votre couvre-chef. Des questions?

Personne ne bronche, le général Henri 1er triomphe. Il sourit.

Silence dans les rangs.

– On revient vous chercher dans une demi-heure. Ah oui! Les toilettes sont là. Consignes habituelles pour le reste. Pas besoin de répéter. Mon collègue sénégalais va vous parler.

– Amis, soyez les bienvenus au Sénégal. Notre vœu le plus cher est que vous y soyez heureux, et que vous vous sentiez ici chez vous. Vous êtes des sportifs, alors bonne compétition! Nous vous souhaitons un agréable séjour parmi nous. Nous sommes fiers de notre pays, et nous vous accueillons avec grand plaisir. Maintenant, je vous laisse vous reposer un peu.

Les gars applaudissent. Il a l'air sympa cet entraîneur sénégalais, et quel athlète! J'ai l'impression d'être un poulet, comparé à lui.

Le repos est de courte durée. Quelques minutes plus tard, nous revoici dans l'autocar.

Chapitre quinze

Quelle ville!

Dakar bouge, circule, bouscule. La lumière intense m'aveugle. Les femmes sont vêtues à la dernière mode, celle qui va de Dakar vers Paris, ou en vêtements traditionnels. Tout se fond dans une ronde de couleurs. Je prends des notes. Je ne dois rien oublier, cela peut toujours servir « En quelques mots, racontez un voyage ou une aventure qui vous ont marqué. » Quelques pages! J'en aurais à dire.

– Ils vont où, tous ces taxis?

– Des « cars rapides », « toutes directions », l'Agneau, répond Étienne.

– Comment peut-on aller dans toutes les directions?

– Simple, ils roulent dans les grandes artères, et ratissent un peu partout.

– Astucieux, pourquoi on n'a pas ça en France?

Voici le port, les puissants remorqueurs, les grands navires, les pétroliers et leur odeur d'huile chauffée par le soleil, les bateaux de pêche et leurs filets; ça sent la Bretagne cuite à la vapeur, la saumure, les algues. Il y a la Corniche, le Plateau et ses vieilles villas coloniales, le centre aux immeubles modernes, les voitures, les autobus bondés, les taxis, les vendeurs qui talonnent les passants, les touristes blancs ou rougis par le soleil. Merci maman pour la crème solaire! Au concours de la plus belle endive, nous obtiendrons le premier prix!

On mange. On se promène toujours en groupe, bien escortés, détendus, sauf moi qui suis un peu sur mes gardes. Les marchés débordent de produits, fruits, légumes, poissons. On ne sait pas toujours sur quoi on met les pieds, ni si les gens qui vous frôlent ne cherchent pas à vous vider les poches. Même les voleurs ont l'air souriant ici. Les touristes se baladent, certains ressemblent à des marchands de statues, tant les vendeurs ont réussi à leur en refiler! Cela serait vraiment drôle de voir un *tubaab*[1] essayer de vendre des statues à un touriste africain. Les statues sont parfois anciennes, d'une semaine ou deux, au moins! Rien à voir avec celles (dans le grenier) du tonton. Etienne m'explique que pour vieillir les statues et en faire des « antiquités authentiques », parfois on les enfouit dans le sable et on verse dessus des

---

1. *Tubaab* : Européen

huiles de vidange! Les marchandages sont interminables, les discussions sans fin s'engagent
sur la situation du vendeur, du sculpteur, de la
dame batik, et de la famille. Y passent les oncles,
les tantes. Ici les familles sont aussi étendues
que les problèmes.

– Pas vivre, Madame, survivre! Allez, je vous
laisse ce lot pour un bon prix.

– Trop cher.

– Comment ça, trop cher? J'ai passé du
temps là-dessus, Madame, et ce sont de beaux
bijoux pour vous. Je dois nourrir ma famille.

– Baissez les prix.

– C'est soustraire la nourriture aux enfants.
Ça, je ne peux pas. Ah! Non! Vous me fâchez.
C'est plus que mon sang que vous prenez! C'est
fini l'esclavage!

– Ce n'est pas ce que je voulais dire.

– *Déedéet*[2]*!* On n'est plus des esclaves, faut
respecter les artistes!

– Alors, je vais monter d'un quart.

– Un peu plus, s'il vous plaît, Madame, oh!
que vous êtes dure. Un *bougna*[3].

– C'est quoi?

– Un petit cadeau en mandingue, un geste
de vous pour mes enfants. Pour acheter le cous
cous.

– Arrêtez, vous allez me faire pleurer.

---

2. *Déedéet* : non! pas possible! non!
3. *Bougna* (mot mandingue) : petit supplément en cadeau

– Oui, mes enfants pleurent quand ils ont faim; avez-vous déjà eu faim, très faim? Encore un *tubaab*! Vous savez ce que cela coûte à Paris, des statues aussi belles? Une fortune!

– On trouve les mêmes aux Puces.

– Les puces, les puces, on en a à la maison! Pas besoin de rapporter les vôtres de Paris.

– Vous aimez plaisanter.

– C'est ce qu'il nous reste dans cette vallée stérile, où la vie est si ingrate pour les honnêtes gens comme moi.

– Vous êtes cultivé.

– Madame, en Afrique, les études c'est du sérieux.

– Le Loup, tu rêves?

L'entraîneur m'appelle. Il me sort brutalement de cette scène de théâtre. Je dois quitter les acteurs, mais je peux reprendre la suite auprès de n'importe quel vendeur. Ici, c'est l'inverse d'une grande surface : plus tu parles, plus on t'apprécie. Un jour, cependant, il faut acheter. En France, plus tu parles, plus tu as l'air d'un fou! La femme blonde, trop blonde pour être une vraie blonde, et le vendeur, trop pauvre pour être pauvre, discutent de la vie et du monde. Je les observe une dernière fois. Malgré la misère, il y a du bonheur dans l'air. Moi, je ne veux rien acheter, peut-être une petite statue, un souvenir, nous avons mieux dans le grenier d'El Nan, et des masques plus énigmatiques.

– *Kaay fii[4]!* Beau ceinturon, me lance un cordonnier. Sénégalais! *Senegaal!*

– Non, français.

– Le ceinturon, sénégalais! *dê[5]!* J'ai les mêmes. Regardez, les jeunes!

– Les gars ne traînez pas trop, on a encore à visiter cet après-midi, ronchonne Henri 1er.

– J'en achèterais bien un comme le tien, me murmure Étienne.

– Oui, pas cher et de qualité.

De loin, l'inspecteur me regarde. On dirait qu'il veut me parler.

Étienne achète un ceinturon. Comme il parle wolof, cela se fait vite.

– Allez, *juróom[6]*!

– Non, *juróom benn[7]*! Toi, là, t'es *caay-caay[8]*, de Paris, hein? *Fan nga joge[9]*?

– De Paris et Saint-Louis.

– Ah! Saint-Louis, « J'ai deux amours, mon pays et Saint-Louis », Joséphine Baker chantait : « J'ai deux amours, mon pays et Paris. » Tu n'as pas connu Joséphine, moi non plus, mais mon père chantait des airs de cette belle dame noire

---

4. *Kaay fii!* : Viens ici!
5. *Dê* (adverbe d'insistance) : vraiment
6. *Juróom* : cinq
7. *Juróom benn* : six (cinq plus un)
8. *Caay-caay* : esprit coquin, espièglerie
9. *Fan nga joge?* : D'où viens-tu?

des États-Unis. Bon, le ceinturon est à toi, je te
fais un cadeau, *xale bi*[10].

   – *Jërëjëf*[11]!

Nous repartons en autocar, tout le monde est
satisfait, un peu K.O., ébloui par le spectacle, le
soleil. On se croirait à Paris lorsqu'en été la
chaleur cogne et que les gens se plaignent. Ici,
pas de râleurs. Les Dakarois vont leur chemin,
nous observent, nous sourient. Nos maillots de
footballeurs attirent vite la sympathie, c'est le
passeport pour les conversations. Les jeunes
d'ici connaissent toutes les équipes de foot, leurs
performances.

Je m'aperçois que les gens aiment bien jouer
aux cartes. Ils les abattent d'un coup qui claque,
même chose aux dames. Ils font retentir leurs
gros pions de bois sur les damiers usés. J'apprécie l'élégance des femmes. Je regarde avec
curiosité les passants qui mâchouillent des bâ-
tonnets, des frotte-dents ou *soccu*, selon les
mots d'Étienne. Plus loin, à l'ombre d'un arbre
séculaire, des gens palabrent, en écoutant de la
musique. Des enfants s'amusent avec une balle
minuscule, une boule de tissu. Ils jouent au
foot, pieds nus sur du sable et du gravier ,
quelle endurance et quel talent!

Oh! là là! Demain, nous aurons un redou-
table défi à relever, si j'en juge par l'habileté des
joueurs.

------

10. *Xale bi* : l'enfant, le jeune
11. *Jërëjëf!* : merci!

Nous longeons la mer. C'est du bonheur. J'imagine Paris entouré par la mer, comme cette presqu'île du Cap-Vert où nous sommes. C'est magnifique.

– Éblouissant, commente l'Agneau.

Des pirogues dansent sur les flots, des pêcheurs audacieux les conduisent au large. Des oiseaux de mer survolent ces frêles embarcations motorisées. Les palmes des cocotiers s'agitent sous la brise océane. Des enfants jouent sur le sable. Des vagues puissantes sculptent des rochers rouges, presque lunaires.

Nous arrivons dans un ensemble hôtelier. Il y a un grand jardin, des palmiers, des oiseaux, et plus loin des paillotes.

– Au bain, les jeunes!

L'équipe se change sous les serviettes. Les filles attirent l'attention des gars. Nos joueuses sont d'excellentes sportives. Elles auront sûrement l'occasion de le démontrer lors de quelques matchs amicaux contre les équipes sénégalaises. Attention : «pas touche», elles sont capables de vous jeter à terre en un temps, un mouvement. Elles connaissent l'art de l'autodéfense, et elles ne manquent pas d'énergie. J'ai déjà joué contre elles, je sais ce qu'elles valent. Finis les machos dans le sport! Nos copines sont de haut calibre. Qu'elles jouent au foot, cela surprend un peu, surtout en Afrique, quelques sourires en coin, mais leur style vous laisse bouche bée.

Nous voici à la séance natation. Oups! Recul de la troupe après une avancée joyeuse vers l'océan.

– Elle est frisquette, me signale l'Agneau, qui courageusement en a jusqu'aux genoux.

– C'est le courant froid des Canaries, on a appris ça en classe, nous rappelle Étienne.

Je n'ai pas dû faire attention à cette leçon, je rêve trop en classe, mes idées papillonnent, cela affecte mes performances, surtout en maths. Enfin, quelques courageuses et quelques téméraires se baignent. Passé le choc, l'eau est vivifiante.

– Ce n'est pas que l'eau est froide, c'est plutôt que l'air est chaud, le sable brûlant, explique Marie-Hélène, la monitrice qui s'occupe des filles.

Sympa, et là encore, la pêche! Quel tonus, cette dame! En plus, elle sait tout : soigner une blessure, réconforter, écouter, et c'est une gardienne de but hors pair, mais elle ne peut pas jouer dans nos catégories d'âge.

Je me trempe, comme les autres, cela me régénère. Dès que l'on sort, le sable et le soleil nous brûlent. Ah! La peau de *tubaab*! Vite, la crème!

– Le Loup, c'est le temps de se parler.

– Bien, patron, quand vous voulez.

Je tiens toujours à être poli avec les supérieurs et avec les gens en général. Cela donne un style «vieille France», comme dit ma mère. Je le sais, je ne suis pas tout à fait de mon âge et j'ai toujours la tête dans les nuages.

– Allô? Tu es là, le Loup? Tu as l'air dans la lune. À quoi penses-tu?

– Que vous avez du nouveau sur mon oncle, ou sur le pendentif de l'Agneau que je vous ai montré dans l'avion.

– Tu chauffes.

Je finis de m'essuyer. L'inspecteur ramasse mon short. Il ôte le ceinturon, l'examine.

– Qu'est-ce qu'il a, le ceinturon?

– Touche-le.

Je le triture entre mes doigts.

– Je suppose que je dois sentir quelque chose d'insolite?

– Oui.

– Une sorte de froissement, semblable à celui d'un papier ou d'un carton?

– Nous sommes sur la même longueur d'onde.

Silence. Les autres se baignent. L'Agneau saute dans les vagues. Marie-Hélène est à côté de nous. Elle n'intervient pas, mais je me doute qu'elle et l'inspecteur se sont déjà parlé. Elle sourit, m'invitant par la pensée à poursuivre mon raisonnement.

– Vous croyez que?

– Nous supposons, le Loup, c'est à vérifier. Lorsque tu m'as montré le pendentif, je me suis dit : pourquoi ne pas examiner l'autre cadeau de votre oncle, le ceinturon?

– Un message? Qui dit quoi?

– Peut-être des versets du Coran, ou des souhaits, ou des incantations, comme sur les gris-gris?

– Gris-gris?

– Les amulettes que les gens portent autour du ventre, au bras, au poignet, au cou, des porte-bonheur, des protections contre les maléfices, etc. Je me souviens d'avoir lu, du temps d'une exposition sur Léonard de Vinci, au Louvre, que ce génie avait dissimulé, dans un « repli de papier », un dessin de bicyclette. Une bicyclette pareille aux nôtres : deux roues, pédales, chaînes, tout quoi! Il vécut entre 1452 et 1519, et on a découvert sa cachette récemment!

– Je savais qu'il avait inventé des machines incroyables, avions, parachute, sous-marins, mais quel est le rapport avec notre histoire?

– Élémentaire, le Loup.

– J'y suis! sur le papier est peut-être écrit le secret?

– Lequel? demande Marie-Hélène aux yeux bleus ravageurs, au teint aguichant.

– Je ne sais pas moi : l'art de transformer tout métal en or.

– Intéressant, pourquoi dis-tu cela, le Loup?

– Je blague. Peut-être qu'un sorcier, un griot y aurait écrit la formule magique.

– C'est peut-être plus simple, suggère Marie-Hélène : là où est l'or, ou un trésor, où il est caché.

– Et les chiffres sur le pendentif de l'Agneau?

– Une autre indication de lieu.

– Alors, faut ouvrir mon ceinturon.

Marie-Hélène s'approche de moi, me parle à voix basse :

– Nous sommes en contact avec nos collègues sénégalais et je vais te confier un secret, puisque nous sommes dans la période des secrets, donc embargo complet sur ce que je vais t'annoncer. D'accord?

– Oui.

– On nous épie depuis notre arrivée. Nous ne sommes pas en présence de quelques bandits parisiens, mais d'un réseau. Qui cherche quoi? Est-ce la clé que tu tiens entre les mains? Même question depuis le début de cette histoire : la clé de quoi? Ton ceinturon semble unique. Il faut l'ouvrir. On t'en a acheté un quasi identique, ce matin au marché. On fait l'échange, pour quelques heures, histoire de l'analyser, et ce soir ou demain, on te refile l'original. On en aura le cœur net.

– J'ai la trouille. On est encore suivis par des malfrats?

– On veille, nuit et jour des collègues de la police sénégalaise sont parmi nous, et agissent aussi incognito à titre d'entraîneurs des autres équipes, là où nous sommes logés, pas d'inquiétude.

On ne peut mieux! Quel merveilleux voyage je fais : garde rapprochée, appât vivant et pas de tension là-dedans! Je marche vers la plage, je ne cours pas. J'ai la tête bourrée de leur discours. Cela me fiche le bourdon. Je pense que des truands me surveillent en ce moment avec des jumelles. Pourquoi pas? Et des policiers surveillent les truands! Cela fait de moi un vrai capteur de tension. «Tout va très bien, Madame la Marquise, tout va très bien», chantonne ma mère dans des situations stressantes. Moi, cela me coupe le souffle. Mais qu'est-ce qui se passe? L'Agneau, pousse des hurlements, je fonce vers lui.

– Cela me pique, me démange, me gratte. Aïe! Aïe!

L'Agneau a les bras et les jambes rouges.

– Des physalies, des physalies, explique Étienne, de la classe des méduses. Il n'y a pas grand-chose à faire. Certains prétendent que le moyen le plus facile d'atténuer la douleur est d'uriner sur les régions infectées. L'urine chaude tuerait le venin.

– J'ai pas le zizi assez long, se lamente l'Agneau.

L'entraîneur vient avec une pommade calmante.

Méfiants, les copains replongent dans l'eau, moi dans mes pensées. J'ai beau m'extasier devant l'exotisme du pays, j'ai de nouveau peur. Cela me colle à la peau. Ma compagne de voyage se nomme la frousse. Je suis le gibier de chasseurs sans scrupules, sans foi ni loi! Et si ces bandits viennent ici pour me piquer mon ceinturon, eh bien! qu'ils partent avec! Cela ne me concerne pas. On ne joue pas avec ma vie. Sans cesse, l'angoisse m'agrippe. Si ça continue, je ne serai plus en forme, je ne pourrai participer à aucun match. Qu'ils se le disent, l'entraîneur, l'inspecteur! Moi, j'arrête. Je vais lui parler, à l'inspecteur!

– Monsieur?

– Marchons un peu ensemble. Ça va, le Loup?

– Pas du tout!

Silence.

– J'en peux plus!

– Fâché? Alors, vide ton sac.

– Vos histoires, j'en ai marre!

– Hop là! Ce sont tes histoires! C'est toi qui es allé te fourrer le nez où il ne fallait pas.

– Je suis votre appât vivant.

– Leur appât. Tu vois un autre moyen?

– Je laisse mon ceinturon sur la plage. Je l'oublie. Et puis vous les coffrez, point final.

– Ils ne goberont pas ça. En ce moment, faisons semblant de jouer au foot, s'ils nous observent, cela fera moins complot.

– C'est tout ce que vous arrivez à me dire!

– Le Loup, ne t'énerve pas. Ce n'est pas bon.

– Je ne garantis rien pour les prochains matchs. Il n'y a pas un jeune du groupe qui ait autant de pression sur les épaules.

– L'Agneau.

– Il n'est pas conscient du danger. Je ne veux pas que l'on touche à mon frère.

– Calme-toi.

– Je ne suis pas énervé.

– Tu es une bombe. Respire.

– Je n'obéis jamais aux ordres.

– Un inspecteur donne des ordres. Tu dois le savoir.

Il n'a pas tort : je suis une boule explosive. Faut vraiment que je ralentisse mon cœur.

– Tu es là pour te battre. Nous veillons vingt-quatre heures sur vingt-quatre. Personne ne touchera ni à toi ni à ton frère. Je te l'assure. J'ai des enfants, les jumeaux, tes copains de jeu, et vous êtes comme mes enfants. Je l'ai promis à tes parents. Le Loup, vous êtes comme mes mômes. C'est sacré.

Je l'observe. L'inspecteur est finalement un gros nounours, tout en muscles. L'armoire, le bahut, le camion, le costaud, pour un peu, il pleurerait. J'arrête mon cirque. Un père ne peut pas en dire plus que lui, et ce n'est même pas mon père.

– T'as confiance, le Loup?

– Oui.

– T'as moins peur?

– Oui.

– Tu es bon pour le service?

– Oui.

– Alors, on va gagner sur toute la ligne. J'ai confiance en toi à 100 %, et plus.

Il me donne une accolade bourrue. Pour un peu, maintenant, c'est moi qui pleurerais. Heureusement, voilà l'Agneau qui nous rejoint.

– En grande conversation, le Loup?

Toujours son côté fouineur, le frangin, quoique ce soit peut-être aussi un de mes défauts.

– Oui, le président me donnait des conseils pour le foot.

– La méduse, avec ses filaments noirs, m'a envoyé un genre de courant électrique. Wouah! Regarde les marques rouges.

Je le rassure.

Cet après-midi, nous disputerons une première rencontre amicale : j'espère être à la hauteur, j'ai vraiment encore l'esprit ailleurs. Il faut que je ne montre rien, surtout pas à l'Agneau, mais la peur me tenaille.

Chapitre seize

Jouer

Nous nous entrainons contre quelques-
uns des footballeurs que nous rever-
rons officiellement demain. Les Sénégalais sont
des virtuoses du ballon. Ils jonglent. Je vais devoir bétonner à l'arrière et me concentrer. Nous
avons joué une demi-heure. Je n'ai pas vu le
temps passer. Tout le long du match, je n'ai
pensé qu'au jeu, pas du tout à mes soucis. Cela
m'a même passionné, voir autant de tactique,
de technique, de mécanique, de physique, d'es-
thétique, déployées pour un ballon! Nous nous
sommes bien défendus. Nous avons encaissé
deux buts, mais nous sommes fiers de notre
jeu. Les filles ont impressionné tout le monde,
elles sont des partenaires dynamiques. Lorsque
nous jouons, je ne sais pas si je suis devant un
Noir, une fille ou un Blanc, ce qui domine, c'est
le jeu!

Je me rends compte que notre entraîneur
déploie la même stratégie sur le terrain qu'avec
les bandits : profil bas, laissons les autres se

prendre au piège et coinçons-les! En tant que loup, cela me plaît, ne pas montrer sa force, ruser, esquiver les coups, faire croire que l'on a peur, se tenir sur ses gardes, voir sans être vu, sembler ignorant, s'éloigner mais pas trop, avoir toujours une ou deux possibilités de fuite, garder des réserves et mobiliser ses forces au moment opportun. Ça, c'est moi! Abattre ses cartes, mais garder plusieurs atouts solides en main et les lâcher lorsqu'il le faut. J'ai appris beaucoup en quelques heures. L'angoisse me cheville le corps, mais ne me détruira pas. Je suis tellement crevé que, cette nuit, je vais finir par dormir.

Repas de riz et poisson. Je raffole du riz. On rigole autour de la table, grands et jeunes, Noirs, Blancs, Asiatiques, Métis, tous réunis, du Sénégal, de la France ou d'ailleurs : ambiance de fête.

Dire qu'il y a peu de temps nous étions à Paris!

La nuit tombe vite, nous ne tarderons pas à aller nous coucher. Dernier petit tour en autocar sur la Corniche. L'océan bat les falaises. Les lumières de la ville brillent dans la nuit tropicale. Dakar! Dakar! Ce nom palpite à mes oreilles sur fond de tam-tam et d'insectes nocturnes.

– Au lit! Extinction des feux dans sept minutes. Réveil demain à sept.

– Toujours des sept, Monsieur, dit l'Agneau.

– «Sept» ça, jeune homme! Bonne nuit!

– Bonne nuit Monsieur, chantonne en chœur l'équipe.

– Je ne veux pas entendre une mouche voler.

– Et les moustiques?

– Excellente remarque, quoique légèrement impertinente. Vous devez toujours fermer la moustiquaire du dortoir derrière vous. Compris? Bonne nuit, Messieurs, je vais saluer les dames.

– Oh! Oh! murmurent quelques-uns.

Nos amies dorment dans une salle à côté. Certains d'entre nous essaient de deviner leurs formes dans les ombres que l'on voit déambuler sur le mur, ombres chinoises ou africaines inaccessibles. Le sommeil s'empare de moi. Je plonge.

Douce nuit, paisible même. Me voici dispos.

Il fait déjà chaud, J'aime cette moiteur. Nous marchons moins vite, gesticulons moins, buvons plus. J'ai bien fait de me vider le cœur hier, auprès de l'inspecteur. Aujourd'hui, deux matchs : un en début de matinée, un autre en après-midi. On entre dans la phase active. Demain, départ pour Saint-Louis en autocar. On va en voir du pays, et surtout notre cousine!

Petit déjeuner, des fruits savoureux, onctueux, meilleurs que ceux que l'on achète à Paris. On nous bourre de vitamines naturelles!

Exercices matinaux, petit jogging dans la cour du pensionnat sous les filaos. Les muscles se dérouillent. De loin, l'inspecteur me salue. Je lui réponds discrètement. Tout est maîtrisé.

En route pour la première partie. Un peu nerveux, nous arrivons au stade. Surprise, il y a du monde! Des jeunes, des vieux, des femmes, des enfants, des joueurs de tam-tam, des drapeaux du Sénégal, des gens avec leur appareil de radio. Les petites estrades sont remplies. Des joueurs sénégalais nous accueillent avec un sourire généreux. Il y a une buvette et, à côté, un modeste vestiaire. Nous en sortons quelques minutes plus tard, revêtus de nos maillots neufs. Les gens nous applaudissent. Cela fait chaud au cœur. Le corps, lui, est déjà chaud. Je sue. La pelouse est en fait une terre damée. Quelle lumière! Ce matin, nous affrontons des joueurs de calibre moyen, ce soir ce sera la grande équipe. Les filles joueront avec nous.

On se serre les mains, la petite foule applaudit, les tam-tams retentissent. Et c'est parti!

Les nôtres attaquent. Je n'ai pas beaucoup de travail et puis, contre-attaque, ça barde! On me fonce dessus. Je ne sais plus où est le ballon, le gars danse, je gesticule. C'est ma première intervention et j'envoie en touche. Repli, l'équipe adverse nous enfonce. Notre gardien s'agite. Cela se termine en queue de poisson. Nous passons quinze minutes dans un va-et-vient constant. Les entraîneurs crient. Dans le feu de l'action, nous ne les entendons pas. Étienne est menacé, changement d'aile c'est à mon tour de recevoir la balle, je centre, mon coéquipier saisit le ballon, descend et lâche un boulet, c'est le but! Nous prenons les devants. Les tam-tams se déchaînent, la foule aussi. Attaque sur notre flanc. Les Sénégalais sont partout, je suis cerné, on me dépasse, on tourne autour de moi, je suis essoufflé. Un botté dévié par le gardien. Changement de joueurs. L'entraîneur me remplace, ainsi qu'un ailier. Merci mon Dieu, merci! Brigitte prend ma place. Je lui tends la main en relais. Avec notre ailière gauche, elles sont deux femmes sur le terrain. Les Sénégalaises applaudissent. Nos filles jouent à merveille. Caroline manque de peu les buts avec un beau tir lobé. Le concert des cris et des tam-tams s'amplifie. Descente contre Étienne, il ne cède pas d'un centimètre. Changement d'aile, ils sont deux contre Brigitte, ils s'amusent, elle réussit à envoyer le ballon loin devant. La foule clame son enthousiasme. Quelle coéquipière! Je l'encourage de toute ma voix. L'entraîneur me sourit. Je la remplace. La partie se termine sur un match nul qui satisfait les deux équipes et le public. On s'échange des poignées de main et des ruisseaux de sueur dans le tintamarre des djembés, des radios, des sonnettes et des trompettes. Notre première rencontre s'avère très honorable. Attention à cette fin d'après-midi.

Les femmes félicitent nos vedettes, Brigitte et Caroline. Étienne traduit le wolof. J'ai le cœur qui danse, l'esprit qui chantonne. Ce pays me plaît. Ces gens me touchent.

Bain de mer très apprécié, fraîcheur de l'eau garantie, relaxation, repas de midi, on retrouve nos forces. Sieste obligatoire, certains ronchonnent, jouent aux cartes; l'Agneau, Étienne et moi piquons un roupillon. On se réveille prêts pour le match du soir.

Il est cinq heures de l'après-midi lorsque nous sortons de l'autocar. Le stade est plus vaste que celui de ce matin, il y a trois fois plus de monde. L'entraîneur nous répète les conseils habituels et nous faisons notre entrée sur la piste. Les joueurs adverses nous saluent, ils n'ont pas de jeunes filles parmi eux, ils sourient en voyant nos amies. Les gars sont plus grands et plus bâtis que ceux de ce matin. Cela va être coriace. Coup d'envoi. Brigitte joue à ma position, elle est d'emblée soumise à deux descentes vertigineuses. Elle se défend à merveille. Au moment où on s'y attend le moins, un boulet, venu de je ne sais où, se loge dans la lucarne de notre gardien qui, malgré un saut de panthère, n'y peut rien. Un à zéro. Oh! là là. Les consignes pleuvent.

– On serre les rangs, on fait le mur, on réagit allez, les Maisonnais! Attaques et contre-attaques se succèdent à un rythme effréné. Nous sommes malmenés, mais nous limitons les dégâts. Pause de mi-temps. Ouf! Les entraîneurs nous réunissent dans un coin du terrain.

– Patati et patata...

Tout le monde est hors d'haleine. On procède à des remplacements. Je remplace Brigitte. Quelle responsabilité pour moi! Elle était fantastique. J'en ai lourd sur les épaules et les jambes.

Deuxième mi-temps.

Cela commence plutôt bien pour nous. Un *corner*. Nous n'arrivons pas à égaliser.

Un gars gesticule devant moi, il pousse le ballon, rit de moi, enchante le public qui applaudit. Mes pieds frappent le vide, cela dure, et dure, les gens l'encouragent. Il en fait trop, l'artiste. Il roule sur le ballon! Je n'ai qu'à le cueillir et j'y vais d'un lancer puissant, qui s'égare loin en touche. Je regarde l'entraîneur, il me fait un bravo de la main et Brigitte saute de joie. Ça y est, cette fois je me sens dans mes baskets et remonté. J'attends mon danseur de pied ferme. Son entraîneur le remplace et le jongleur se fait sermonner. La foule envoie ses bravos à cet ailier si acrobatique. Devant moi, maintenant, un petit, nerveux, n'est qu'arrêts et départs. Il m'épuise, me contourne, tire au but, le gardien arrête royalement. La partie continue à un rythme fou. Impossible pour les nôtres de percer les remparts adverses. Je suis liquéfié. J'ai soif. Les jumeaux Bellec entrent en scène : synchronisme, passes précises, tirs foudroyants, ils se comprennent parfaitement! La foule se déchaîne. Nous exerçons une énorme pression : tirs, feintes, revirements, recommencements. Rien. Mon virtuose refait son entrée sous les vivats de la foule. Son jeu est plus sobre que tantôt et je sens une hésitation dans ses jambes. Son patron a dû lui faire la leçon. J'arrive à contrer le joueur par deux fois. Plus que quelques minutes. Coup franc. Voilà notre chance. Cafouillage devant les buts, leur gardien plonge dans le tas et ressort le ballon en mains! Quel as! Il ne reste plus que quelques secondes. Le ballon fuse vers nous. Coup de sifflet. Point final. Un à zéro, Dakar a gagné!

Nous sommes épuisés. Un citron vert atterrit dans ma main. Wouach! c'est fort, mais cela régénère. Nos entraîneurs sont satisfaits, on a évité la déroute.

– Très honorable, me confie l'inspectrice. Pour une première journée de compétition, ça va. Maintenant, tu fais vraiment partie du club.

– Je vous l'avais dit, qu'il est bon! S'exclame Brigitte.

Ses yeux bleus me transpercent. Je rougis. Je ne sais pas si cela se remarque, tellement j'ai chaud.

Salutations à l'équipe adverse, à mon jongleur qui me donne une amicale tape sur le dos.

Il fait vraiment soif ici. On va souper ensemble, les deux équipes, je trouve cela sympathique. On retourne au pensionnat se changer. Nous sommes crevés, mais quelle belle journée!

Nuit calme dans le dortoir. Gardiens et chien en alerte. Rien à signaler.

Ce matin, je suis excité, nous allons à Saint-Louis; bientôt nous verrons notre cousine pour la première fois de notre vie! Je suis ému, l'Agneau partage ma nervosité.

Chapitre dix-sept

Dakar – Saint-Louis

Nous partons tôt ce matin en direction de
Saint-Louis. Dakar est déjà réveillé. Des
banlieues lointaines, les gens affluent vers le
centre-ville, en autobus, à pied, en « cars rapides » toutes directions, à vélo, moto, moby-
lettes, dans des charrettes; certains véhicules
penchent dangereusement. Des femmes portent
sur leur tête un empilement de calebasses et
parfois un bébé dans le dos. Les fenêtres de
notre autocar sont grandes ouvertes. Nous
sommes des pachas, j'ai honte de nos privilèges.
Des enfants marchent le long de la route, cela
pourrait être notre cousine, ou nous-mêmes. Il y
a des mendiants, des invalides, cela me touche.
Pourquoi le monde est si mal fait : des riches,
des pauvres, pourquoi? Certainement l'argent,
On entend ce mot partout, à Paris ou Dakar :
fric ou dollars, argent ou *xaalis*[1]. Je suis encore
trop jeune pour pouvoir changer les choses, mais

---

1. *Xaalis* : argent, monnaie

l'argent ne sera jamais le centre de ma vie. Pourtant, il semble bien que l'argent soit au cœur de cette intrigue qui nous conduit à Saint-Louis. Quoi d'autre que l'argent pour motiver des bandits prêts à nous attaquer à Paris ou peut-être ici?

Nous quittons la capitale et ses faubourgs besogneux. La sortie de Dakar est une école de patience en raison de l'intensité de la circulation, du bruit et de la pollution. Je pense à ma cousine qui nous attend à Saint-Louis. Le cœur me pince. Comment est-elle? Allons-nous bien nous entendre? Pourquoi tant de silence? Nous avons perdu déjà trop de temps, il faut se connaître. Et ma tante? Sont-elles heureuses malgré tout? De quoi a l'air leur domicile? Je m'allonge sur le siège.

Enfin, nous laissons la ville, les palmes des cocotiers se reflètent sur la vitre. La route droite se profile jusqu'à l'horizon. Des mirages brillent sur le goudron. L'autocar soulève des spirales de poussière. Nous traversons des bourgades; les boutiques, en ciment ou en bois, bordent la route : vendeurs de boissons gazeuses, d'essence, réparateurs de pneus, garagistes, petits restaurateurs, épiciers. Des femmes, assises sur le sol ou sur de petits tabourets, vendent des fruits, du pain, du couscous, du poisson. Les enfants jouent autour d'elles, bambins juchés sur des vélos trop hauts, marmots qui rigolent et nous saluent.

Des chiens errent en quête de pitance.
Même la vie des animaux est dure sous les tropiques. Je repense à la chatte de Maisons-Alfort;
malgré son abri rudimentaire, elle n'est pas si
mal dans le jardin de mon oncle et sous la
bonne garde de la voisine. Oui, rien n'est facile
ici. La vie des gens, c'est la survie. Je comprends
la passion des mères pour leurs enfants, et
l'espoir, combien déchirant, des maris, pour un
ailleurs qui puisse les aider à nourrir leur famille.
Combien d'histoires atroces j'ai vues à la télévision, d'Africains et d'Africaines qui tentent, par
tous les moyens, de rejoindre l'Europe. Eux, ils
ne viennent pas en touristes, leur regard en dit
long. Les humains sont injustes envers leurs
frères et sœurs d'ailleurs. Je me pose des questions qui ne sont pas de mon âge. J'ai toujours
été comme ça, je suis un grand dans un corps
de petit. Quand je serai très âgé, est-ce que je
serai encore un petit dans un corps de grand?
Peut-être qu'en atteignant l'âge très avancé, trop
avancé même, on finit par tomber, et peut-être
qu'alors, on redevient petit, complet de nouveau. Le corps rapetisse. On se replie. Je le vois
chez les personnes très vieilles de notre immeuble. Et puis on reprend des idées de petit.
Je connais même une dame, elle parle presque
bébé. Son visage est si vieux qu'il est beau
comme celui d'un bébé.

Des moutons broutent un tas d'immondices.
Grimpée dans un arbuste épineux, une chèvre

essaie d'atteindre des feuilles minuscules. Elle pâture les nuages.

Mes idées vagabondent. Je ne suis jamais seul avec mes pensées. Au contraire, il faut que je me discipline. Je découvre le monde, chaque jour, chaque instant, il m'étonne, m'émerveille, m'interroge, m'inquiète. Comme ce pays qui apparaît à la fenêtre. Des femmes autour d'un puits, qui rient, mâchouillent un morceau de bois entre les dents. Elles font la lessive. Chez nous, on ouvre la machine et c'est parti! Ici, tout se fait à la main, ou au pied. Un sculpteur se sert de ses pieds pour tenir le morceau de bois qu'il façonne avec un outil. Autour de lui, des statues et statuettes, des masques comme ceux d'El Nan, des pirogues d'ébène. J'aimerais rapporter des souvenirs comme ceux-là. Mais je ne pendrai pas de masques dans une chambre à coucher, leur expression est trop forte.

Les copains jouent aux cartes, agacent les filles, écoutent la musique de leur baladeur, dorment. Les adultes discutent entre eux, Sénégalais, Français, chauffeur ou entraîneur, l'ambiance est décontractée. Politique, religion, cuisine, tout y passe. Étienne lit une bande dessinée. L'Agneau est rivé à son *game-boy*, qui saute en même temps que l'autocar.

La route est droite, le chauffeur doit constamment prévoir la circulation opposée qui a une fâcheuse tendance à empiéter sur notre voie et à jouer à la corrida. Parfois, cela s'apparente à la conduite dans les films américains, accélération subite, freinage sec, klaxon impérieux. Un autocar essaie de nous dépasser, manquant de puissance, il décroche et ralentit dans la vapeur qui sort de son capot. Sur le côté de la route, des épaves de véhicules sont dépecées. On a toutes les versions, de lambeaux de carrosserie jusqu'au squelette du châssis. Impressionnant. Comme ces oiseaux qui tournent au-dessus d'une carcasse perdue au milieu de la savane. Des baobabs majestueux trônent dans la plaine et depuis des siècles dialoguent avec les dieux. Je ne suis qu'un fragile oiseau de passage pour ces arbres d'un autre monde. Près d'un village, des jardinets apportent une touche de verdure. Les cases aux toits de paille, les maisons de bois ou de ciment, les arbres, les clôtures de cactus, de figuiers de Barbarie, jamais je n'oublierai ce paysage. Je m'assoupis, emportant avec moi des images, des instantanés qui se télescopent dans ma somnolence avec des matchs de foot et des rires de copains.

Quelle chaleur! Le soleil darde ses rayons sur les vitres de l'autocar. Nous roulons fenêtres ouvertes, pas de climatisation à bord. Les rideaux battent au vent et nous claquent parfois sur le visage. Réveil garanti! C'est ce qui vient de m'arriver. Je regarde dehors.

Des femmes portent leur bébé, certaines ont en plus un échafaudage de calebasses sur la tête, les mêmes scènes d'équilibristes qu'à Dakar.

Est-ce pour cela que beaucoup d'Africaines, malgré leur pauvreté, sont dignes et majestueuses? Les chiens sont tapis à l'ombre des baobabs. Tout le monde souffre de la chaleur. Plus personne ne nous regarde, un autocar parmi tant d'autres, sur la grande route sénégalaise.

Je découvre un pays de souffrance, de sourires, de peines et de joie. Comment, malgré la maladie du sommeil, le paludisme qui tue un enfant toutes les trente secondes sur ce continent, et d'autres fléaux, parvient-on à travailler, cultiver, marcher, par des températures aussi accablantes? Je ne suis pas d'ici, mon corps est amorphe. J'admire ces gens, oiseaux, chats, chiens, plantes, arbres, qui réussissent à survivre. Pour moi, c'est le choc! Je suis liquéfié sur mon siège, et pourtant je bois, nous buvons, ils boivent. Et ça sue, et ça pue!

L'Agneau est assoupi. Nous approchons de Saint-Louis, le ciment et le bois remplacent graduellement la paille, les maisons se resserrent. Des cocotiers, encore plus de circulation, voici la banlieue de la vieille capitale, Sor, où tout remue, circule, klaxonne. Les couleurs des vêtements dansent dans la chaleur ensablée. Mon cœur bat la chamade. Nous nous rapprochons de notre cousine. Des moutons errent sur le bord de la route, pauvres bêtes chétives. Des plastiques s'envolent au vent sec. Des jardins maraîchers sont cernés de maisons. Surprise : des rosiers ici! Cela me rappelle Paris, et là-bas les palmiers me lançaient vers l'Afrique! La nature fait-elle parfois des clins d'œil? Le minaret d'une mosquée domine une étendue de maisons, nous passons près de l'église Notre-Dame de Lourdes, au clocher si français. La gare du chemin de fer semble surgir d'une carte postale coloniale, monument du passé, puis nous voici à un carrefour animé.

Le groupe est hébergé à Sor, dans une école. Nous irons chez notre tante qui habite aussi cette banlieue.

– Jusqu'à présent, c'est le plus beau voyage de ma vie, me confie l'Agneau. On va enfin connaître notre cousine.

– J'espère que vous allez très vite me la présenter! supplie gentiment Étienne.

Henri 1er nous secoue de sa voix forte :

– Bon! Vous êtes tous réveillés maintenant? Nous vous souhaitons la bienvenue dans la région de Saint-Louis. Les consignes habituelles s'appliquent pour l'eau, les fruits non pelés, les moustiques, vos objets de valeur, pour ces derniers, même attitude qu'à Paris. On vous fera une mise au point plus tard. Pour l'instant, gorgez vos sens de toutes ces images que vous offre Saint-Louis du Sénégal!

Nous pensons uniquement à notre cousine et à notre tante. Nous essayons de les identifier parmi les personnes autour de l'autocar. Impossible de les distinguer, alors qu'elles nous ont sûrement repérés. Quelle étrange sensation, se savoir observés sans pouvoir discerner d'où proviennent ces regards que nous sentons posés sur nous!

Chapitre dix-huit

Notre cousine, notre tante! *Ngeen def*[1]?

Je le sais, il ne faut pas répéter : «il fait chaud», les deux entraîneurs nous l'ont assez dit. N'empêche, on crève! Comment font-ils, tous ces gens à la peau noire, peut-être plus chaude que la nôtre? Ils ne se plaignent pas de la chaleur et très rarement de leur sort. Nous, un rien nous irrite. Et la lumière, éblouissante, aveuglante!

Il y a un petit groupe de gens un peu à l'écart, des jeunes et leurs parents, une équipe en uniforme, c'est stylé et sympa. Et là, je crois bien que ce sont elles! J'en frissonne malgré la chaleur. L'Agneau est collé à la fenêtre. Lui aussi a vu la même jeune fille que moi. Elle court le long de l'autocar, elle dévisage tout le monde, maintenant, elle nous fixe : ses yeux, quels yeux! Elle nous brûle, nous dévore, des yeux ronds, intenses, brillants, je ne vois que ses yeux! Notre cousine, c'est elle! En arrière, notre tante, qu'elles

---

1. *Ngeen def?* : Comment ça va?

sont belles! Roseline lève les bras, se cache le visage en raison du soleil qui frappe son front, recule. Nous agitons nos bras comme deux prisonniers. Elle se précipite vers la porte de l'autocar. Elle est menue, les cheveux en tresses, sa mère essaie de la retenir. Alors que tout le monde tente de descendre, Roseline réussit à se faufiler entre nos compagnons et la voici devant nous! Nous n'avons même pas eu le temps de quitter nos sièges, elle trépigne de joie, nous embrasse, nous serre dans ses bras. Je pleure, l'Agneau pleure, elle pleure, on pleure!

– Mes cousins! Dieu soit loué! Mes cousins! C'est le plus beau jour de ma vie!

Elle essuie ses larmes, nous aussi. Ça coule à flots. L'autocar est sous le choc, le temps vient de s'arrêter.

– Ah! mais, ce se sont vraiment mes cousins! Toi, tu es Louis, le Loup!

Elle articule, croque les mots. Son accent est superbe.

– Et toi, l'Agneau, le gentil Agneau! Oh! Mais que je suis heureuse!

Elle repleure. Elle s'assied sur le siège à côté, et se relève.

– *Ngeen def*? Comment ça va? Je vous attends depuis ce matin, depuis mille ans je vous attends! Ma famille de France! *Inch Allah[2]!* Vraiment, Dieu est grand! Oh! que je suis contente!

---

2. *Inch Allah!* (de l'arabe) : Si Dieu le veut, s'il plaît à Dieu

Maman, voici maman! Elle est belle ma mère, hein? Votre tante, que de bonheur sur nous en ce jour béni!

Estomaqués, abasourdis, nous sommes entraînés dehors sous les yeux rieurs de nos copains, sous les tapes amicales d'Étienne.

– N'oubliez pas de nous présenter cette charmante cousine, lance-t-il.

– Roseline, voici Étienne, notre ami sénégalo-français avec qui tu as déjà communiqué par Internet.

– Et je suis Saint-Louisien même!

– Oh! là là! de Saint-Louis!

– Oui oui! de Saint-Louis *dê*[3]!

– Je suis enchantée.

Nous descendons de l'autocar avec nos petits sacs sur le dos. C'est une joyeuse cohue. On a l'air de Martiens accueillis par une fête terrienne. Je ne pensais pas que nous étions importants.

– Bonjour mes neveux!

Quelle dame! Pas de mon âge, mais quel style : elle a dû être mannequin, où elle l'est encore! Je comprends mon oncle. Et quelle vivacité dans le regard, comme Roseline.

La tante nous serre dans ses bras qui sentent bon. Je sais, c'est une remarque étrange, mais c'est vrai L'Agneau fond dans la robe bonbon chatoyante de la tante. En mal de tendresse

---

3. *Dê* : vraiment

maternelle, il se retrouve. C'est le bonheur. Il ne manque que nos parents.

Saint-Louis! nous y sommes!

Nous prenons nos affaires dans le coffre de l'autocar et nous marchons vers l'entrée de l'école. Les entraîneurs vont nous parler. Cela peut être long.

Henri 1er donne ses instructions :

– On va vous installer dans l'annexe du lycée. Une fois que vous aurez déballé vos sacs, on se rejoindra tous dans la cour. Suivra une balade à pied dans la ville.

– Nous, on va pas chez toi, tantine?

– Tantine, j'aime ça l'Agneau. On ira plus tard, après le tour de la ville. Nous aurons le souper et la soirée pour nous. Demain, vous serez avec le groupe pour la journée, moi j'enseigne, Roseline va à l'école. Nous n'avons pas les mêmes vacances que vous!

Nous posons nos sacs dans un coin du réfectoire, tandis que les copains s'installent dans la salle aménagée en dortoir. Nous nous asseyons à une table. L'inspecteur-président nous rejoint.

– Monsieur, est-ce que durant la visite de la ville nous pouvons laisser nos sacs ici?

– Oui, il y a un gardien, vous avez l'air soucieux, les enfants.

– Ben, on serait très heureux, surtout que l'on vient de faire la rencontre de notre cousine et de notre tante, mais il y a toujours cette poisse qui nous gâche le séjour, lui dis-je à voix basse.

– Oubliez ça, vous avez bien vu que rien ne nous est arrivé jusqu'à présent. Détendez-vous, relaxez. Vous êtes plus en sécurité ici qu'à Paris. Même chez votre tante, elle m'a confirmé qu'il y a un gardien la nuit.

– Ils sont beaux mes neveux, n'est-ce pas?

– Ah! Madame, la nouvelle génération de Français, délurés, un peu trop peut-être.

– C'est vrai, nous avons été élevés à la dure.

– Même ici au Sénégal?

– Si l'enfant est un prince, sa mère est une reine! On ne nous lâchait pas. Surveillés par les uns et les autres. Ici, toute la concession, la famille, la communauté, la ville, a les yeux sur vous! On sait tout sur tous. Radio tam-tam diffuse plus fort qu'Internet. Vous connaissez l'Afrique?

– Un peu, avec le foot, les déplacements, je suis allé ci et là, jamais à Saint-Louis.

– Et vos premières impressions?

– J'aime! Pardon, les jeunes semblent prêts, en route pour la visite de la ville. Vous nous accompagnez, Madame?

– Merci, je retourne à l'école. Je ne vais pas laisser mes collègues me remplacer toute la journée. On se revoit donc vers cinq heures et je les prends pour les prochaines nuits.

– Parfait, alors à bientôt et bon travail! Nous allons jouer aux touristes.

– Roseline reste avec nous, j'espère?

– Oui, l'Agneau, elle bénéficie d'un congé exceptionnel aujourd'hui.

– Chouette!

Étienne est content, lui aussi. Quelle subite timidité! Son teint change, même s'il est Métis, je dirais qu'il rougit tout de même.

Nous roulons sur l'historique et majestueux pont Faidherbe. À l'horizon, une ligne de maisons, posées sur l'eau : Saint-Louis! Vibrante dans la lumière, palpitante entre les eaux du fleuve immense et l'infini du ciel. La cité lance au loin ses ondes enivrantes. Un peintre a-t-il un jour su rendre l'envoûtement de ces demeures du bout du monde, là où le continent et l'océan s'embrassent? J'ai l'âme poétique, ici tout est différent, intemporel et, peut-être parce que je suis à la fois encore enfant et déjà jeune homme, puis-je capter l'émotion qui se dégage de cette île. Saint-Louis, il y a du Petit Prince en toi, du Saint-Exupéry, du Mermoz, la terre, l'air et la mer ici se marient.

Impérial, le fleuve enlace la ville-reine.

J'écris dans mon calepin, c'est ma caméra intérieure.

Que je suis loin de la Seine, de Paris, de l'île Saint-Louis! Ce rappel me fouette le cœur. Papa, maman! Oui, je m'occupe et m'occuperai de l'Agneau. Tout est calme ici, pas l'ombre d'un bandit.

Les arches du pont ombragent par saccades notre autocar. Nous sautons à chaque travée. Des calèches, aux maigrelets et braves chevaux, ralentissent la circulation. Je plains certains de ces chevaux : sur leurs plaies vives, les mouches bourdonnent. Heureusement la plupart des chevaux sont bien portants, nerveux et vigoureux.

Un cortège de gens marche sur la passerelle qui borde le pont, comme une procession sans fin.

Je distingue Saint-Louis, blanche, presque rose beige. De rares arbres émergent de la cité papillotant au soleil intense. La lumière tremble. Des odeurs de saumure, de vase fluviale, de palmes en décomposition, de tissus neufs, de pain chaud, de cuir se fondent entre fleuve et océan qui roulent en parallèle. Murs de chaux, langueurs de lagunes, et là-bas, la Langue de Barbarie, quel nom étrange pour cet univers de la légendaire Aéropostale, cette fin du monde. Je m'imprègne de la cité qui ressemble aux villes de rêve, fuyantes, inaccessibles, revisitées, perdues, connues et toujours énigmatiques.

Tandis que je note mes impressions, l'Agneau est rivé à la fenêtre, les yeux dilatés. Étienne sourit. Il revient chez lui.

— On ne peut mieux, je suis avec vous chez nous, me confie l'ami.

Notre groupe ne passe pas inaperçu dans l'ocre des rues chaudes ou parfois coule un souffle océanique. Cela sent le poisson séché, le riz à la tomate, le nuoc-mäm[4], le fleuve, les nattes

---

4. Nuoc-mâm : Condiment liquide vietnamien fait de poissons macérés dans le sel, utilisé comme sauce pour le riz.

au soleil. Devant les boutiques, des hommes assis discutent. Nous les saluons comme on nous l'a conseillé. Ils nous répondent poliment. Des joueurs claquent leurs cartes sur une natte. À l'ombre, des joueurs de dame poussent les pions, des enfants s'amusent avec des voitures et des volants en fil de fer, et ça roule!

Balcon rouillé, volet qui se demande s'il doit rester accroché ou tomber, vendeuse de délicieuses cacahouètes, qui déclenche inévitablement le refrain de l'Agneau : « Pirouette cacahuète... » J'ai soif, ma bouteille est déjà vide.

Place Faidherbe, la cathédrale, les quais, à la Pointe Nord, la Grande Mosquée. Nous sommes fourbus. Cette visite de la ville, sous la chaleur, nous a ramollis. Une chance que, parfois, un petit air marin coule dans les rues et que les maisons nous offrent leurs ombres.

Retour à l'autocar. Nous repartons pour Sor où se trouvent l'école et le dortoir.

– Alors? (Roseline sourit). Vous aimez Saint-Louis?

– Cela nous change de Paris.

– Ah! Paris, beaucoup de gens en rêvent ici, moi la première.

– Ce sera pour bientôt, cousine!

– C'est cher.

Silence.

Nous roulons de nouveau sur le pont Faidherbe. Derrière nous, l'île de Saint-Louis, où nous jouerons demain.

Nos copains sont fatigués et enchantés. Étienne explique, commente, rectifie, je ne l'ai jamais vu aussi volubile. Lui et Roseline échangent des blagues en wolof. J'ai l'impression qu'une romance est en train de naître.

Nous revoici à Sor, bouillonnante, bruyante, vivante.

L'autocar s'arrête devant l'école où les copains vont loger. Notre tante est à l'entrée. Nous sommes réellement gâtés, on nous balade en autocar alors que beaucoup de gens marchent. On nous héberge dans des écoles alors que des familles entières vivent à plusieurs dans de petites cases. À tout moment j'apprends la pauvreté et la joie de vivre aussi. On nous dévisage, nous sourit. Tout le quartier sait que nous arrivons, que nous sommes des footballeurs. Nos filles et leurs uniformes de l'équipe attirent et attisent les regards.

Des personnes âgées discutent sous un arbre. Des femmes cuisinent autour d'un réchaud. Des enfants transportent de l'eau, ils ploient sous la charge, posent les récipients et, au lieu de nous envier, eux aussi nous sourient. J'ai le sentiment d'être un touriste paresseux.

– Toi tu découvres des choses *dê*!

Elle me surprend, cette cousine.

– Bonjour tantine!

– Ah! Ça! Ce sont déjà des Saint-Louisiens, han! s'exclame tantine en claquant des mains.

Les gestes sont amples. En France, on économise même les gestes! Ici, rien qu'au ton de la voix, on sait tout de suite à qui on a affaire. Je pense que je vais prendre ces habitudes.

Les copains sortent leurs bagages et s'engouffrent dans l'entrée de l'école. Les entraîneurs discutent avec le personnel.

– Salut, les amis, à demain!

Étienne nous quitte, les yeux nostalgiques. Roseline lui répond par un sourire timide. *Tilt*!

L'Agneau se colle contre tantine, qui en est émue. Il est encore petit, mon frère. C'est le plus jeune de notre groupe.

– Bon, vous avez vos sacs, les enfants, alors on y va.

– Ta voiture? Elle est où? questionne le frérot.

– Ici.

– Où?

– La voilà. Deux roues, je suis le moteur. Place ton sac sur le porte-bagages, je pousse le vélo.

Ainsi dit, ainsi fait. Nous quittons la grande route, nous longeons des maisons de bois, des cases, des villas en ciment. Les boutiques sont ouvertes, des marchands ambulants proposent des mets préparés, cela sent le riz, l'arachide, la fumée des braseros. Le quartier se cache sous la verdure parmi les hampes rouges des flamboyants et les délicates fleurs des bougainvilliées.

Nous atteignons le bout de la rue, un immeuble de quatre étages.

– C'est là! Je loue un appartement ici. Une institutrice ne gagne pas beaucoup

– Combien?

Je suis gêné par la question de mon frère.

– À peine de quoi vivre. Beaucoup, beaucoup moins que mes collègues français.

– Et puis tu continues?

– L'enseignement, j'aime ça.

– Maman donne même des cours gratuits pour certains enfants.

– Oh! ne raconte pas ça, ma fille. Je ne suis pas la seule. Il faut bâtir la nation. Bon, on habite au quatrième étage.

L'Agneau peine dans les escaliers. Je l'aide à monter son sac. Roseline a pris les paniers de sa mère. Tantine porte son vélo.

– Pourquoi?

– Pour ne pas se le faire voler, m'explique Roseline.

– Même avec un antivol?

– Quand tu as faim, ce n'est pas un antivol qui t'arrête.

– Ils mangent des vélos ici?

J'ai honte de mon frère.

– C'est un raccourci de la pensée.

Ses yeux m'envoient des points d'interrogation fulgurants. Il s'essuie le front.

– Tu m'expliqueras.

– Bienvenue chez nous, les neveux.

Tantine tire les quatre verrous. Aussitôt, une voisine ouvre sa porte et les acclamations de joie fusent. Une petite fille, Aminata, me précise Roseline en la soulevant, nous sourit à gorge déployée. Elle veut absolument toucher nos visages pâles. Cela déclenche une cascade de rires chez le bébé. Puis, Roseline lui montre mes cheveux un peu trop longs. Aminata joue avec mes boucles.

   – Posez vos affaires dans ce coin du salon. Nous dormirons dans la pièce à côté, et vous dans cette pièce. Les w.-c. sont là. L'eau du robinet n'est pas bonne. Vous prenez l'eau dans le frigo et vous remplissez la bouteille, si elle est vide, à partir de cette bonbonne en plastique.

   Roseline ouvre les volets. Il y a un petit balcon, avec une minuscule table et deux chaises. On voit des cocotiers, des cases, de la fumée qui monte. Paris est loin. J'aimerais avoir des nouvelles de la famille, mais j'ai remarqué qu'il n'y avait pas de téléphone chez tantine. Pas d'ordinateur non plus. Je ne leur dirai pas, mais nous sommes très riches par rapport à elles. Moi qui croyais que nous étions des Français moyens. On est des Français en moyens. Et on se plaint! Leur appartement, me disait Roseline, est aussi celui de toute la famille, oncles, tantes, cousins, en Afrique la solitude c'est rare, il y a souvent des gens de passage que l'on nourrit.

   L'Agneau est assis sur le divan-lit, il est fatigué le frérot, moi aussi. Je ne dois pas montrer que je suis épuisé, sinon Roseline et sa mère vont croire que l'on est déçus de leur appartement. Roseline met de la musique, Ismaël Lô, Youssou N'dour, je les connaissais un peu, mais elle me les fait redécouvrir. Elles ont des disques de Touré Kunda, Baaba Maal, Coumba Gwalo, Fania. Tantine écoute aussi Orchestra Baobab, c'est plus jazzé. Même l'Agneau, qui sirote son jus d'orange, reprend vie. Tantine travaille; dans le coin cuisine, c'est fou ce qu'elle peut ranger dans un espace aussi étroit!

– Est-ce que je peux vous aider, tantine?

– Le Loup, maintenant on se tutoie. Non merci et vous devez être claqués.

Roseline nous entraîne sur le balcon. Le crépuscule pointe. Les bruits des voitures sont étouffés. La musique nous berce, comme les palmes sous la brise tiède. Les alizés marient les parfums de citronnelle, de thé à la menthe aux souffles atlantiques.

Je me souviendrai toujours de ces ondes suaves.

On s'assied. Je me sens mieux.

Chapitre dix-neuf

Golo, golo[1]!

Je vais vous raconter une histoire bizarre. Roseline nous fixe dans les yeux. À voix basse, elle commence son récit :

– Un jour, peu après la mort de papa, ma mère revient de son école, comme d'habitude. Elle déverrouille, entre, range la nourriture dans le frigo; moi, je vais vers le balcon et j'ouvre les volets. Je m'aperçois qu'un carreau est cassé à la fenêtre donnant sur le balcon. J'appelle maman, elle fait ses yeux durs, ne dit rien, pense peut-être que j'en suis responsable. Je balaie, ramasse. Maman vaque à ses affaires.

Roseline s'arrête, baisse encore la voix, se penche pour voir s'il y a quelqu'un en bas du balcon. Elle poursuit :

– Maman revient en me disant : « La montre de ton père? Je ne sais plus où je l'ai mise. » D'habitude, maman, tu la portes sur toi.

---

1. *Golo* : singe

« Oui, et je l'enlève toujours quand je lave quelque chose. Hier, je ne l'ai pas prise, je voulais mettre le bracelet. »

– On cherche. Maman s'énerve, elle en appelle à saint Antoine et aux grands marabouts et elle ne pense qu'à ça!

« C'est une *Lip*, un modèle aujourd'hui introuvable. »

– On soupe. Je pense au carreau cassé, ma mère à sa montre. Tout à coup, maman fige sur sa chaise, ses yeux rivés droit devant. C'était le soir, et ses yeux brillaient! Je vous le jure, mes cousins, ses yeux brillaient, pas comme ceux d'un chat, non! Des perles noires. C'était fascinant, je ne sais pas combien de temps on est restées comme cela, elle les yeux braqués en avant et moi l'observant. Je crois que ni l'une ni l'autre ne respirait! Je frissonnais. J'ai observé le mur et vous savez ce que j'ai vu? Rien! Rien! Les murs étaient vides. On nous avait volé nos deux masques. Vous avez reçu une photo de moi par courriel; sur cette photo d'il y a quatre mois, on voit les deux masques. Ma mère a posé des questions aux voisins. Quelqu'un qui entre par le balcon, en plein jour, qui casse un carreau, cela se voit et s'entend. Ici, tout le monde sait tout!

– Le souper est bientôt prêt. Vous m'aidez à mettre la table, les enfants?

Nous rentrons dans l'appartement. Au mur, deux clous et les taches claires des masques volés. Pas de montre au bras de tantine.

– Roseline vous a raconté? Depuis, j'embauche un jeune gardien, et je lui demande, moyennant finances, d'être encore plus vigilant lors de votre visite. Que je suis contente que vous soyez là! Votre oncle souhaitait que vous veniez un jour ici. Il désirait s'acheter une maison dans le vieux Saint-Louis. «Tu ne travailleras plus, me disait-il, tu verras la France, comme c'est beau.» Bon, Dieu merci, vous êtes ici, on vous aime et nous sommes heureuses de vous avoir auprès de nous. Bon appétit!

Tantine nous a mitonné un couscous sénégalais. Tout fond dans la bouche, c'est délicieux.

– En fait, j'ai cuisiné hier.

Roseline mange avec élégance. Il ne manque que nos parents et cela serait le bonheur.

– Pour les autres repas, je vous ferai goûter au *ceebu jën*[2], le riz au poisson, ou le *yaasa*[3] au poulet ou au poisson, si vous aimez les citrons verts. Tout à l'heure, si vous le voulez, vous pourrez regarder la télé chez les voisins du rez-de-chaussée.

Après le repas, nous sommes assoupis. Pas question d'aller sur le balcon, des escadrilles de moustiques nous assaillent.

---

2. *Ceebu jën* : riz au poisson
3. *Yaasa* (créole portugais de Casamance) : riz blanc et viande ou poisson grillé, sauce au piment et beaucoup d'oignons

– Pour les cafards, il faudra vous habituer.

– Ne t'inquiète pas, chère tante, on connaît, nous en avons à Paris.

Nous aidons à la vaisselle. Tantine nous offre une infusion de *kinkilibaa*[4].

– Et si on regardait l'album de papa?

Les photos défilent. El Nan, tantine, Roseline bébé, Dakar, Saint-Louis, des plages, scènes d'anniversaire, de Noël, sous un filao décoré. El Nan en brousse, prospectant, inspectant le fond des rivières.

– De l'or, des diamants, des pierres précieuses, des masques rares, des statues originales, il dénichait cela en brousse et les revendait, à Dakar essentiellement. C'était un aventurier, un prospecteur, un homme honnête, tout le monde vous le dira, en ville et en brousse. Ses connaissances géologiques et son flair l'ont aidé dans ses découvertes. Mon mari est parti trop vite. La vie ne faisait que commencer pour nous. Elle est redevenue ce qu'elle fut toujours pour moi, dure. Survivre! Nous faisons tout pour travailler, en Afrique nous sommes débrouillards, mais il y a tant de chômage et des salaires si bas! Trop de nos compatriotes meurent sur les routes de l'exil. Souvent, lorsqu'ils tentent d'entrer en France, on les refoule, alors qu'ils ne veulent que travailler.

----

4. *Kinkilibaa* : décoction de feuilles (combretum micranthum)

Ils ont traversé l'enfer, certains se noient, d'autres sont jetés par-dessus bord d'embarcations vétustes, certains doivent traverser le désert, des montagnes où ils périssent gelés. Tout cela pour parfois vivre misérablement en France. Pourtant, le pape disait : «Nous sommes tous de la même famille». Alors? Pourquoi les gens insultent mes frères, mes sœurs? Toi, le Loup, toi l'Agneau, vous n'y êtes pour rien, mais il fallait que je vous le dise, car maintenant votre famille, elle est noire aussi! Dites-le aux autres, respectons-nous! Qu'on en finisse avec le mépris, l'indifférence, la misère. Moi, je vous aime comme mes fils. Vous, je le sais, je le sens, vous nous aimez, je rends grâce à Dieu. On ne peut tout de même pas tous s'exiler en Europe! Salaire de misère ici, mais ici, c'est chez nous! Et puis, faire comprendre à la famille que mon mari est un *tubaab*[5], parfois ça passe mal. Lui décédé, j'ai perdu mon amour, mon soutien.

Moi, qui imaginais ma tante et ma cousine plutôt radieuses et vivant dans une maison confortable!

— Un jour, vous viendrez en France, dis-je pour changer la conversation.

— Un jour, répète sans conviction tantine.

— Papa et maman vous aiment, ils nous l'ont dit.

---

5. *Tubaab* : Européen

L'Agneau et moi restons silencieux. Ces histoires de famille sont trop complexes. Qui a tort, qui a raison? Pourquoi papa et El Nan n'ont-ils pas communiqué plus souvent?

– Voulez-vous aller voir la télé en bas?

– Nous sommes un peu fatigués.

– Regardez!

Des lueurs éclairent les cases, les boutiques, les cocotiers. Des musiques montent du quartier. Il fait moins chaud.

– C'est beau le Sénégal.

– Merci, cher neveu. Vous êtes ici chez vous. L'hospitalité, *teraanga*[6], c'est sacré. Ne vous inquiétez pas, nous ne sommes pas tristes comme ça d'habitude. C'est le trop-plein. Faut comprendre. Allez, prêts pour le dodo?

Échange de bisous. On s'installe pour la nuit. Impossible pour moi de dormir. Roseline vient chercher de l'eau au réfrigérateur.

Je m'assieds à la table près d'elle.

– Il en a fallu du temps pour qu'on se rencontre, dis-je.

– Oui, ça alors!

– Roseline, tu as dix ans, cela fait dix ans qu'on n'entend pas parler de toi! Tu es quand même notre cousine! La seule d'ailleurs, l'unique! Nos parents auraient pu nous mentionner ton existence!

---

6. *Teraanga* : hospitalité, honneur

– Il aurait fallu que papa leur parle de moi.

– Comment? Je ne peux pas croire que mon père et son frère ne s'écrivaient pas, ou ne se parlaient pas, vu qu'ils se rencontraient périodiquement à Paris. Compliquées sont les histoires des grandes personnes. Toi, tu te considères française ou sénégalaise? Noire ou blanche?

– Métisse et j'en suis fière. J'ai le meilleur des deux. Un jour, je me sens plutôt noire, mais franchement, plus noire que ma mère, d'autres jours, plus blanche que mon père. Ma mère est pure Noire, je suis fière d'elle. Mon père est pur Blanc, je suis fière de lui, je suis Métisse, c'est ainsi. J'accepte la peau que Dieu m'a donnée. Si j'ai des enfants, ils seront comme Dieu le voudra. Si ma mère se remarie, mes demi-frères ou demi-sœurs, seront des Noirs, ou des Métis, dépendant du père. Je les aimerai toutes et tous. Noir, Blanc ou Métis, c'est beau. Parfois, mes copines m'envient ou me reprochent de n'être ni noire ni blanche. Dieu m'a conçue ainsi dans l'amour. L'important est d'être aimé, d'être bien dans sa peau, de l'accepter telle qu'elle est. Je ne juge pas mes sœurs qui veulent s'éclaircir le teint. Ici on nomme cela le *Khessal*[7], ou *Xessal*, la dépigmentation. Cela peut endommager la peau, comme les bronzages intensifs pour les Blanches. Quel monde! Des personnes voudraient

---

7. *Khessal*, ou *xessal* : fait de s'éclaircir le teint

être plus blanches, d'autres plus noires, plus grandes ou plus petites, plus maigres ou plus charnues, plus jeunes! Peut-être faudrait-il mieux éduquer les garçons et les hommes, par les films, les magazines, leur montrer d'autres stars, leur dire que la couleur de la peau est naturellement belle. « L'essentiel est invisible pour les yeux », a écrit Saint-Exupéry, qui connaissait notre région. Vous voyez, malgré mon âge j'ai réfléchi à la question. Attention, le racisme peut être dans tous les sens, Noir contre Blanc, ou l'inverse, ou entre Blancs, entre Noirs, oui, oui! *Waaw, waaw*[8]! En tant que Métisse, je suis un trait d'union et je souffre du racisme, on attaque mon père ou ma mère, soyons tous des frères et sœurs. Je suis, avant tout, une Saint-Louisienne, Sénégalo-Française, Franco-Sénégalaise, binationale. Papa a effectué toutes les démarches légales, mes parents se sont mariés et ainsi, sans que vous le sachiez, je suis devenue votre cousine! C'est chouette!

    – *Pirouette cacahuète*, ne peut s'empêcher de chantonner l'Agneau!

    – Je me répète : pourquoi dix ans de silence?

    – Le Loup, comment te répondre? Mon père ne voulait pas s'attacher, c'était un vrai baroudeur, un broussard, un explorateur. Ma mère, il l'aimait pour vrai, hein! Au début, il répugnait à

---

8. *Waaw* : oui; *déedéet* : non

se marier. Puis, je suis née. Mon père s'est tout de suite attaché à moi, très fort, on s'attache à moi, vous savez. *Waaw, waaw*! Cela n'a pas empêché papa de vagabonder partout en Afrique, au Congo, au Nigeria, au Mali, en Afrique du Sud; il rapportait des cadeaux, de l'argent, des masques, etc. Sauf que, à chacune de ses missions, il revenait crevé, le teint jaune-vert. Il a attrapé, par l'eau, une de ces maladies au nom compliqué, qui vous détruit les reins, le foie. Il a fini par se rendre à l'hôpital et a décidé d'arrêter : «Je veux voir notre fille grandir, nous avons une maison en France pour nos vieux jours.» Puis il a eu une maladie fatale, mais ça vous le savez. Il était en France pour se faire soigner. Il est parti pour la grande tournée, la finale. Mon cher papa est mort loin de nous...

Silence et pleurs.

On entendrait une mouche voler, s'il n'y en avait qu'une, mais elles vrombissent, derrière la moustiquaire, en compagnie d'une escadrille de moustiques. On sent une page se tourner dans le vent de l'histoire, malheureusement il n'y a pas de vent et l'histoire, parfois tragique, ressemble aux poupées russes : les unes s'emboîtent dans les autres. Roseline en connaît une partie, nous une autre, les malfrats l'essentiel. Pour l'instant, ces meurtriers sont hors de vue. Merci, on respire.

— Ta mère, comment réagit-elle?

– Comme moi. On adorait papa, notre oiseau de passage. Au premier abord, il semblait un peu bourru, mais c'était un grand tendre. Il a été honnête toute sa vie, on en est sûres. Les gens qu'il côtoyait n'étaient pas toujours de son style. «Je suis né sous une bonne étoile», répétait-il. Hélas, elle était filante.

– Pourquoi n'avait-il rien confié à nos parents?

– Ils s'en disaient peut-être plus qu'on croit. Mais j'avoue que cela demeure une énigme. La vie continue. Maman est institutrice, les salaires d'ici n'ont rien à voir avec ceux de France. Maman loue cet appartement. On ne se plaint pas, tant de nos compatriotes sont plus mal logés que nous.

– T'es vraiment Sénégalaise!

– Je suis née ici, j'aime ce pays, j'en suis fière. Je ne connais pas la France, je l'aime aussi. C'est un grand pays, avec d'excellents médecins, chirurgiens, savants, artistes, qui viennent parfois ici. Nous, les maladies, surtout le sida, nous détruisent. Un jour, avec mes deux nationalités, et en tant que femme, si je peux aider mon pays, je le ferai. Les Africaines se battent pour la survie de leur famille, l'amour de leurs enfants. Nous sommes pauvres et riches. Notre terre a tout donné, on lui a tout pris, la gomme, l'ivoire, l'or, l'encens, les épices et ce que l'on appelait le «bois d'ébène», ses fils, filles, mères, enfants, vendus, torturés, transportés dans des conditions abjectes, pour être des esclaves. Maintenant le pillage continue; les arbres, les minerais, on extrait vite tout ce que l'on peut et nous sommes toujours aussi ruinés et encore plus malades! En gros, c'est notre histoire, elle devient la vôtre car nous sommes du même sang. Vous, qu'est-ce qui vous préoccupe, pourquoi ces malfrats vous poursuivent-ils jusqu'ici? Ce sont de vrais cram-crams[9]! Vous savez, ces graminées qui s'accrochent à nous quand on marche.

– C'est ce qu'ils font depuis que nous sommes entrés dans la maison d'El Nan! Les bandits ont saccagé le grenier de ton père. Statues, masques, papiers, tout était éparpillé, mais pas grand-chose de volé.

– Cela m'inquiète, murmure Roseline. Je sais que maman est au courant. La police nous a prévenus, les entraîneurs aussi. C'est ici que vous serez le plus en sécurité. Tiens, voici maman, elle peut te le confirmer.

– Exact, les neveux. N'oubliez pas, le pire ennemi, c'est la peur, pas l'ennemi. Dites-vous aussi : ce que femme africaine veut, elle le peut! Toi aussi!

– Moi, j'ai la trouille, gémit l'Agneau, qui vient de se joindre à nous.

---

9. *Cram-crams* : graminée dont la graine s'accroche à la peau ou aux vêtements

– Si tu as l'énergie et le courage de ton oncle, tu es un battant! Ton oncle n'a rien cédé, surtout pas sur la loyauté, la justice!

Échange de bisous, encore une fois. On s'installe de nouveau pour la nuit.

J'essaie de m'endormir. Quelle journée! Des images de la route entre Dakar et Saint-Louis surgissent, des femmes avec des bébés dans les bras, sur le dos, des chiens faméliques, des voitures en morceaux, des enfants souriants, des vieillards beaux et sages. Saint-Louis, la ville aux mille fantômes, aux murs colorés, Sor, l'exubérante, les confidences de Roseline, de tantine, les photos de notre oncle.

L'Agneau dort déjà. Tant mieux pour lui. Il était épuisé. Roseline y va d'un solide chuintement et d'un grognement nasal. Tantine soupire et tourne dans son lit. Je sue. Demain, je dois être en forme. Je compte les moutons. Je me rassure : en bas, un gardien veille sur l'immeuble, plus particulièrement sur notre balcon. Je finis par m'endormir.

Tout à coup, un bruit me fait sursauter. On veut soulever la moustiquaire. Cela insiste. Je tremble. L'appartement est calme. Des mains déchirent la moustiquaire, l'arrachent. Je me tourne doucement. Le bruit cesse, puis reprend. Je suis le seul éveillé. Pas de vent sur les palmes, le temps est lourd. Le bruit, encore! Très discrètement, je me lève un peu, je le vois! Maman!

Non! Pas possible! Un singe! Sur le balcon, il se promène, joue à l'acrobate, se dandine et hop! grimpe sur le toit. Je suis trempé, en sueur, et surprise, la peur est partie. Je souris et vais me coucher. Les rêves se bousculent. Le jour n'est pas levé que déjà les gens s'agitent, les coqs chantent, mais il me semble les avoir entendus chanter durant la nuit; les casseroles se cognent. Des enfants pleurent. Un chien aboie. Je me lève. Un chat fuit avec l'aurore. Je repense aux minous de Maisons-Alfort : m'envoient-ils un message de prudence? Le soleil se pointe et, quelques minutes plus tard, dore le cocotier. Ici, levers ou couchers de soleil sont rapides; rien de langoureux, de romantique.

– Bonjour les cousins!

Roseline est déjà habillée, d'un jeans à la mode. Comment peut-elle les supporter avec la chaleur qui règne? Chemisette à la coupe chic. Tantine aussi est prête, boubou coloré, une élégance à rendre jalouses les Parisiennes. Je suis ébouriffé. L'Agneau encore dans les limbes.

Petit déjeuner pour tout le monde. Attention! Ne pas utiliser l'eau du robinet pour se laver les dents.

– Bien dormi, les enfants?

– Oui, sauf le singe.

– Celui d'en bas? La nuit, il rôde, il a droit à sa liberté. Il revient le matin et dort durant la journée. Il habite au deuxième. C'est un polisson ce *golo*, mais tout le monde l'aime, même s'il est un peu voleur.

– Ce ne serait pas lui qui a volé les masques?

Roseline rigole. L'Agneau aussi en répétant : « *Golo, golo*».

Départ vers l'école. Tantine et le moniteur se parlent. Roseline et tantine s'en vont à leur travail. Roseline rejoint un groupe d'amies, tantine prend son vélo.

– Tout le monde dans la salle à manger, pour les consignes de la journée. Une journée que je souhaite mémorable! annonce d'une voix ferme l'entraîneur.

Au moment où il dit cela, je repère quelqu'un derrière une moustiquaire, il m'observe férocement. Ses yeux m'hypnotisent. Mon Dieu? Suis-je le seul à voir cet individu? Combien de temps dure ce regard foudroyant? Puis, plus de silhouette, plus rien.

– Qu'est-ce que tu fiches, le Loup? T'es bloqué des pattes ou du cerveau?

Étienne me sort de mon état. Il scrute la direction de mes yeux.

– As-tu vu un fantôme? Allez, viens!

L'autocar nous conduit au stade de Saint-Louis. Je suis préoccupé par la vision de tantôt. Les copains sont heureux, nous roulons sur le pont Faidherbe. Il est neuf heures, il fait déjà chaud. La partie commence dans une demi-heure.

– Buvez, buvez, n'oubliez pas de vous réhydrater.

Nous nous changeons dans l'autocar. Ce n'est pas pratique, mais qui oserait se plaindre? L'équipe hôtesse arpente déjà le terrain. Une petite foule l'encourage, des copains d'école qui ont eu un congé spécial, quelques adultes fanatiques de sport, en congé ou chômage.

– Demain, vous jouez une nocturne à Sor, il y aura beaucoup plus de monde, nous signale Marie-Hélène. Ce matin, cette équipe est à votre portée, mais ils sont solides. À vous de vous faire respecter, de gagner. On se retrouve sur le terrain. Les filles, soyez comme toujours : impeccables!

Pas une tige d'herbe sur le terrain. Consignes et conseils des moniteurs. On salue les adversaires, sérieux et respectueux; que de solennité! Je suis en réserve, en remplaçant. L'Agneau est assis à côté de moi. Nos affaires sont dans l'autocar. Nous sommes au soleil et il cogne.

La partie débute. Coup de sifflet. Nos joueurs n'arrivent pas à se secouer, ils sont amorphes. Notre entraîneur crie. Nos joueuses tiennent mieux le coup que nos gars. Les copains ont les jambes lourdes, tandis que nos rivaux bondissent et filent comme des gazelles. Je cherche l'ombre. Je regarde vers l'autocar. Pourquoi ne pas s'asseoir à côté, comme quelques spectateurs? Le chauffeur de l'autocar a laissé la porte ouverte ainsi que les fenêtres.

– Tiens-toi prêt, le Loup. Tu vas entrer après la pause. Dis à tes copains de se bouger le popotin! Ils auront toute la journée pour se reposer, eux, tandis que leurs adversaires vont retourner à l'école. Je ne veux pas de touristes, de parasites ici! Qu'est-ce que cette équipe de poules mouillées?

Mouillés, de sueur, nous le sommes, même moi, assis à l'ombre de l'autocar. Les Saint-Louisiens contrôlent leurs corps, leurs esprits et le ballon.

Je jette un coup d'œil sur notre autocar et mon projet d'ombre reposante. J'aperçois une silhouette qui se courbe dans le couloir. Le chauffeur est à la porte, il regarde le match. Un jeune a dû se faufiler par une fenêtre et il est en train de nous faire les poches! Ni vu ni connu.

Je fonce vers l'autocar. Après tout, ce sont nos affaires. Le chauffeur est surpris. Il se lève.

– Il y a un voleur!

– Personne!

– Un voleur! Je vous dis!

Nous montons ensemble. Au même instant, l'entraîneur m'appelle :

– Le Loup, c'est à ton tour!

Le chauffeur vient d'attraper un garnement et ça barde pour lui.

J'entre sur le terrain. J'essaie de me concentrer sur le jeu, mais j'ai l'esprit ailleurs. Coïncidence, le voleur était exactement à la hauteur de mes vêtements. Il est trop jeune pour être lié à nos bandits.

– Le Loup, tu dors, ou quoi? Mais qu'est-ce que cette équipe de ramollos!

Je viens de laisser passer un attaquant.

Je l'ai, et si quelqu'un avait ordonné au môme de piquer mes affaires? Si on l'avait hissé à une fenêtre arrière avec une commande précise?

Et voici qu'un escogriffe se pointe. Un vrai bouteur. J'ai l'air d'une sauterelle. Les gens rient. Il me feinte royalement. Je cours après lui, le talonne, ne le lâche pas. Il joue à la corrida avec moi. Il s'amuse. Le public en redemande. Il fait le clown, me ridiculise, jongle. Je tombe. Il revient, repart, moi aussi. Oh! Qu'il m'énerve! Si je suis le taureau, il va le savoir. Assez! Assez, cela suffit! Je fonce sur la balle en criant comme un fou. Je fais le *golo*. Je suis souple et espiègle comme le singe de la nuit. Le gars perd l'attention une fraction de seconde, je lui pique le ballon. Il n'y a personne devant. Je cours. Je suis électrisé. Le feu est en moi. Une sorte d'ivresse. Je me déchaîne, ne respire plus, pousse le ballon, le guide, traverse le terrain, ligne médiane! Je sens la meute en arrière. Rien n'y fait. Je suis le plus fort, le plus rapide! Pas de coéquipiers aux alentours. Je continue en solo, je suis une flèche. Je suis aimanté par les buts, le rectangle devant moi. Le gardien sautille. Je vais droit sur lui et lui, droit sur moi; la rencontre sera frontale, brutale. Je cours, il ne se dérobe pas. Il veut le ballon, moi aussi! Et là, douce folie quand tu me tiens, je vire vers la droite, je place bien le ballon à mon pied et j'arrête net. Le gardien avance et hop! je lobe et vais recueillir le ballon derrière lui et je tire! Je tire! Maman, j'ai tiré! Et c'est le but!

Je m'écroule, je bénis le ciel, la terre, l'Afrique. Je me relève, le ballon est collé au fond du filet adverse. Je danse, je cours. Moi, l'ignare du foot, le nul du ballon, le simplet de la stratégie, le dernier des derniers, j'ai compté! J'ai marqué! un à zéro! crie la foule. J'entends les bravos, les applaudissements. Quel public chaleureux! Les copains sautent de joie. L'entraîneur a le pouce en l'air, il regarde la monitrice d'un air de dire : «J'ai bien fait de le sélectionner. »

Que la vie est belle! J'entends les cris de joie de l'Agneau. Inoubliable! Le vrai but, le premier de ma vie! Le plus beau, au bon endroit, au bon moment!

L'avant qui m'avait nargué, ridiculisé, me tend la main et reprend sa position, l'air dépité. Gentilhomme le gars, faire ça après la claque qu'il vient de recevoir. Chapeau!

Je suis essoufflé, je regagne ma place d'arrière. Cela vient de doper notre équipe. Cette fois, le courant passe, et c'est de la haute tension. On ne nous reconnaît plus. Même moi, je prends de l'assurance, je commets de petites erreurs. Tandis que nos joueurs sont dans le camp adverse, je regarde vers l'autocar. Le jeune voleur est entouré, il y a grande discussion autour de lui.

Changement de garde. L'entraîneur me rappelle, je passe le relais à une copine. L'entraîneur me donne une tape amicale dans le dos. Je suis trempé. J'ai soif. L'Agneau s'assied fièrement près de moi. Nous sommes en plein soleil.

– Tantine et Roseline vont être contentes.

– Plus ou moins, j'ai marqué contre leur équipe. Tu as vu? Il y a eu un voleur dans l'autocar.

– Je ne savais pas. Attention, regarde! Étienne, il monte, monte, feinte, tire. Sur la barre transversale!

Le match s'interrompt pour la mi-temps. L'entraîneur nous sermonne.

– On travaille en équipe, faites circuler ce ballon! Cela s'améliore, et patati, patata.

On avale des morceaux de citrons verts qui nous arrachent les gencives.

Étienne s'assied à mes côtés :

– Bien joué, le Loup.

– Toi aussi, Étienne.

Reprise. Nous encaissons un but. Tous les joueurs sont fatigués. Le public est distrait par le tumulte qui règne près de l'autocar. Coup de sifflet final. Match nul. On se serre les mains, toutes mouillées. Autour de l'autocar, le brouhaha s'amplifie. Que se passe-t-il?

Chapitre vingt

Amusez-vous!

– *Demal fale, demal fale*[1], dehors! dehors!
hurle le chauffeur. Personne dans l'autocar!
Qu'est-ce que vous foutez là?

D'autres enfants et des adultes ont profité
de la bousculade pour monter dans l'autocar
«voir ce qui était volé», prétendent-ils.

– Je ne vous crois pas! Restez là! On va
vous fouiller. Quelle honte, quel déshonneur pour
notre ville, notre pays, que dis-je, notre continent! L'hospitalité traditionnelle, *teraanga*[2], est
bafouée.

Le chauffeur s'assied au pied de son autocar
et se lamente.

Quelques personnes contrôlent les gamins.
Rien, leurs poches sont vides. L'un d'entre eux
parle :

_____

1. *Demal* : partir aller; *fale* : là-bas
2. *Teraanga* : hospitalité

– Ils nous ont dit : «Foutez le bordel là-dedans! Jouez avec tout, jetez tout par terre, vous serez gâtés, les enfants : des glaces, des jus de fruits. Amusez-vous bien, qu'ils disaient, alors on s'est amusés. »

– Qui ils?

– Eux là-bas!

– Hé, vous! crient plusieurs personnes.

Les deux hommes font semblant de ne rien entendre. Ils allongent le pas, les voilà à la limite du stade. Les enfants parlent tous en même temps :

– On veut les jus de fruits maintenant!

– Où sont les glaces?

– Allez les demander aux voleurs!

– Des voleurs?

– Si ce ne sont pas des voleurs, pourquoi courent-ils? Quelle honte pour notre ville, notre pays!

– Notre continent, murmure Étienne.

Henri 1er et le chauffeur montent dans l'autocar. Ils se rendent jusqu'au fond, s'arrêtent souvent.

– Quel cirque! Ils ont tout fichu à l'envers. Jamais vu un désordre pareil!

– Je suis désolé. On a pourtant surveillé. Je ne sais pas comment ils ont fait. Mon autocar! Quelle honte pour notre ville, notre...

– Les jeunes, vérifiez vos affaires, allez-y par cinq, pas plus.

– Jamais arrivé! Coup monté! Me faire ça à moi, quinze ans de carrière!

Enfin, l'Agneau et moi sommes autorisés à ranger nos affaires.

Quel chaos! Comment ont-ils pu commettre autant de dégâts en si peu de temps? L'Agneau retrouve la moitié de son sac sous le quatrième siège en avant de lui. De mon côté, une perte, mon ceinturon!

L'inspecteur nous attend à la sortie de l'autocar. J'ai la main à la ceinture. Je lui fais signe que : «plus là».

– C'est ce que je pensais. Confirmé. Il me fait signe de l'accompagner. Nous nous éloignons de l'autocar.

– Maintenant, ils ont récupéré l'objet tant convoité. Ils ont l'information, c'est ce que l'on souhaitait. Nous avons décodé le message du ceinturon et l'avons délicatement replacé. Nous avons une longueur d'avance sur eux. Ils ont mordu à l'hameçon, on espère les capturer! Nous les attendrons dans le piège, ou plutôt au-dessus du piège!

– Je ne comprends pas.

– Tu verras. Soyez sur vos gardes. Il reste une journée à Saint-Louis. Soyez vigilants. Ton frère et toi, collez au groupe.

– Et la nuit?

– On accroît la surveillance.

– C'est à ce point dangereux?

Pas de réponse. Ça, je déteste.

– Nous avons aujourd'hui la confirmation que leur réseau est en place, il fonctionne et ils veulent réussir.

– Réussir quoi?

– C'est toujours la même question! Ils met-
tent le paquet. On se répète : ton oncle avait
sûrement découvert quelque chose de très important.

– Un genre de trésor?

Moue de l'inspecteur.

– Demain, n'oublie pas : match capital, faut
faire honneur à ton équipe.

On rejoint les copains. Une boule écrase
mon cœur. « Coller au groupe », quelle perspective! Il fait déjà assez chaud.

Chapitre vingt et un

C'est beau le silence

Mon ceinturon? Comment ont-ils deviné qu'il recelait quelque chose? Ces bandits en savent plus que moi.

Cet après-midi, sur la plage, j'ai essayé de jouer avec les copains et copines, mais j'avais l'esprit préoccupé.

Les sandwichs furent vite dévorés.

Sur la Langue de Barbarie, les vagues sont puissantes, les rouleaux déchaînés; on nous a interdit de nous baigner. Nous avons plutôt regardé longtemps les pêcheurs qui franchissaient la barre. Leurs grosses pirogues chargées de poissons tanguaient dangereusement. J'admirais les prouesses de ces hommes courbés par l'effort, les muscles saillants, la peau ruisselante, les yeux hardis; leurs femmes et enfants les attendaient, angoissés, trépignant... et finalement heureux.

Les efforts, que nous faisons dans la journée ne sont rien en comparaison des travaux des pêcheurs, de leur famille.

La fraîcheur marine, les effluves de poissons, le sable humide et chaud, ces athlètes noirs et luisants, la ville blanche au lointain, l'océan fougueux déferlant avec fracas sur la plage : ces images, je les enregistre dans mon esprit. Je comprends que mon oncle ait aimé et admiré la terre d'Afrique.

Des dromadaires sont assis sur le sable. Des Touareg[1] altiers, le visage protégé par un *litham*[2] (Étienne vient de me révéler le nom) nous ignorent, alors qu'ils me captivent! Le désert nous envoie des messagers, ils me conduisent sur des pistes sans fin. Je voudrais partir avec les caravanes qui se forment ici pour les immensités dunaires et les lointaines oasis. Je rêve!

La fatigue l'emporte, je somnole dans l'autocar qui nous ramène à Sor.

Nous retrouvons Roseline et notre tante vers les cinq heures de l'après-midi. Nous regagnons à pied leur appartement. Roseline se retourne souvent.

– Je pense que nous sommes suivis.

– C'est le cas, lui répond tantine. Je t'expliquerai plus tard. Ce sont des anges gardiens.

– Cela me fiche la trouille.

– Au contraire, cela devrait te rassurer.

---

1. *Touareg* ou *Targui* (mot arabe) : nomades du Sahara
2. *Litham ou Litsam* (mot arabe) : pièce d'étoffe, voile des femmes ou des Touareg

Chez notre tante, nous buvons de l'eau en abondance. Je suis complètement déshydraté. Assis sur le salon, l'Agneau reprend une question qui l'intrigue, tout comme moi :

– Pourquoi notre oncle a-t-il caché si longtemps à notre père, son frère, votre union et la naissance de Roseline?

– Ces deux frères se parlaient peu! Je vous l'ai déjà dit, votre oncle était un baroudeur, un jour ici, un jour ailleurs. Votre oncle vivait dans la brousse, souvent sans électricité, sans téléphone. Les deux frères s'écrivaient peu. Chacun menait sa vie de son côté. Votre oncle n'avait pas d'adresse fixe. Il revenait en France pour de courtes vacances, en été, et cela un an sur trois, il n'y restait jamais longtemps. Puis, El Nan a voulu avoir des racines. On s'est rencontrés. La naissance de Roseline a changé sa vie, on en déjà parlé. Il s'est senti responsable. Il désirait lui assurer un avenir. Puis, il a hérité de la maison de vos grands-parents. Les retours en France étaient plus fréquents et différents, il avait une maison. Il prenait un nouveau départ. On s'est officiellement mariés. Vos parents ont été invités, mais avec la distance et les coûts, ce fut impossible. Ils nous ont envoyé des cadeaux, on a échangé des photos, des lettres. Je n'ai pas eu l'occasion d'aller en France. C'était un de nos plus beaux projets. On s'est écrit souvent, vos parents et nous. Vos parents souhaitaient que votre oncle vous révèle tout, votre cousine, moi, notre vie, mais cela a pris tant d'années à votre oncle pour arrêter de voyager, en fait, il avait peur d'avoir une famille en Afrique, un foyer.

– Je ne comprends pas, peur d'avoir une famille?

– Un jour, peut-être tu sauras ce que je veux dire par là. La boucle s'est bouclée, vite, trop vite.

Silence. L'Agneau est pensif, il m'observe. Il se demande peut-être, comme moi, si plus tard nous nous verrons. De mon côté, la vie prend maintenant une autre dimension; l'avenir, le futur m'intriguent et le passé laisse des traces. Un jour, chacun s'éloigne, part de son côté, parfois à l'autre bout du monde; puis on renoue, retisse des liens. Quel dommage que notre oncle ne soit pas là. Il est à la fois omniprésent et absent. Je me secoue. Dans la vie, il ne faut pas traîner de regrets. Je m'en rends compte, cela fout le *blues*. Que faire du passé? Rien, sinon l'accepter, se réconcilier avec ses souvenirs. On ne peut pas vivre sans passé, autant l'alléger. Pas facile. La nuit africaine m'engouffre dans un autre pays, celui des pensées. Voyage dans le voyage! Je me sens vieux, parfois. De toute façon, je ne me suis jamais senti totalement jeune. Encore une idée qui revient, comme les bandits qui apparaissent au fil des jours, disparaissent pour surgir au moment le plus inattendu. Je porte toujours les mêmes questions en moi et elles demeurent sans réponse. Je ne suis pas le seul. Rien qu'à voir tantine, on sent que le passé s'accroche à elle, l'agrippe. Elle y pense souvent, à son mari. Heureusement qu'elle a Roseline, son boulot, ses amies. Elle n'a pas le choix. C'est marche ou crève, comme dirait le paternel. Ici, c'est encore plus vrai. Tu te débrouilles, tu survis. Tantine nous sourit. Dans le fond, qu'est-ce que ça peut bien faire maintenant, que mon père et mon oncle fussent plus ou moins fâchés, car c'est ce que je soupçonne : tant tarder à nous révéler que nous avons une tante et une cousine, faut vraiment être en mauvais termes! Ils avaient des caractères différents. C'était ainsi.

– Quel bonheur que vous soyez là, mes neveux! Quelle chance de pouvoir dire ces mots : «mes neveux»! Oui, quelle chance! Vous, les jeunes, vous arrivez à franchir les distances qui séparent les adultes. Ne changez pas, restez bons.

– Mes cousins de France! ajoute Roseline.

Silence encore. C'est beau le silence.

Les lampes vacillent près des cases, comme une immense crèche, un Noël en été.

– Bon, on va se coucher. Demain, nous serons tous actifs!

Et voilà! Tous les bonheurs sont éphémères. C'est ce qui en fait le prix. Je me sens philosophe et presque en paix. Il n'y a que le diable qui s'amuse à lancer périodiquement à nos trousses de minables bandits qui cherchent l'introuvable afin de gâcher notre voyage.

Cela me fend le cœur de savoir que nous allons quitter notre famille africaine, pour le retour à Dakar et en France. J'aimerais tant que Roseline et tantine vivent près de chez nous. Je rêve. La nuit africaine est remplie de rêves. Je vais en moissonner, pour chasser mes peurs et mes questions.

Chapitre vingt-deux

Nuit pas câline

Nous avons soupé tôt ce soir, l'Agneau et moi étions fatigués. Roseline et tantine ont bien compris que la journée avait été dure pour nous. Elles aussi ont de quoi être épuisées. Notre tante enseigne de nombreuses heures. Elle va à l'école à vélo, dans la poussière et dans la chaleur. Elle fait les commissions, prépare le souper, entretient l'appartement, apporte de l'aide à Roseline dans ses devoirs et, en plus, nous sommes des invités qu'elle veut honorer. Malgré des moyens modestes, elle accomplit des prouesses.

La chaleur m'accable. En ce moment, je suis couché dans le salon, le petit frère ronfle déjà, dans la chambre à côté, j'entends les respirations de ma cousine et de ma tante.

J'essaie, en rédigeant ces notes, de faire le point. Des questions m'assaillent constamment. On dirait que le diable s'amuse.

Je ne comprends plus rien à rien. Je crois que je fais de la fièvre. Je pose la main sur mon front, il est brûlant. Je bois un peu d'eau. Les bruits de la nuit se répandent dans ma tête. Pourquoi suis-je si tendu?

Quel charivari dans mon esprit! Chaque fois, je reprends cette histoire depuis le début et chaque fois, les masques s'imposent à moi. Des masques identiques, un trouvé à Maisons-Alfort, deux autres disparus, volés sur le mur de ce salon. Cela ressemble à un kaléidoscope. Je délire. Est-ce que j'ai fait une crise de paludisme? Et pourquoi mon ceinturon est-il si important pour les voleurs?

J'entends du bruit dans la chambre à côté. J'ouvre les yeux, une silhouette avance vers moi. Je reconnais Roseline.

– C'est moi, je n'arrive pas non plus à dormir.

– À quoi penses-tu, Roseline?

On entend le léger ronflement de l'Agneau et la respiration sifflante de ma tante.

Des bruits bizarres montent de la nuit : craquements, croassements, bruissements, feulements.

– Et toi, le Loup?

– Les masques m'intriguent, je fixe les marques des masques manquants!

– Marques, masques manquants?

– Oui! Là, sur le mur...

– Et alors?

– C'est un peu fou, ce que je vais te dire, mais je crois que ces masques s'emboîtent.

– Hein?

– Oui, ils s'imbriquent peut-être.

– Pour?

– Je ne sais pas.

Roseline soupire. Je me lève, je m'assieds à la petite table, Roseline vient m'y rejoindre. Nous restons silencieux, écoutant la nuit et ses bruits, qui n'ont rien à voir avec les pétarades et les vrombissements des moteurs parisiens.

Tout à coup, malgré l'obscurité, les yeux de Roseline se dilatent et brillent. Elle prend une bonne respiration, elle tente de se calmer, puis elle dit :

– Tu as raison, le Loup, comment ne pas y avoir pensé avant!

– Moins fort, cousine, on va réveiller le quartier.

– Le Loup! Bien sûr, ils s'emboîtent, et si tu en mets trois côte à côte, vois-tu quelle figure cela représente?

– C'est ça qui m'a fait tiquer, une sorte de tête de lion.

– Exact! Le lion est un symbole du Sénégal, c'est aussi l'emblème de bien des chefs et des rois, en Afrique ou ailleurs.

J'imagine que ces deux masques, avec d'autres peut-être, vont sur un mur ou une paroi spéciale.

Les yeux de Roseline sont des billes.

– Roseline, que les masques se complètent, pas de problème, qu'ils composent une figure, soit, j'étais arrivé à cette conclusion, mais il nous faut trouver la paroi, et où cela nous mène-t-il? Je suis perdu!

– Au contraire, on brûle!

– Ce n'est pas un cerveau que tu as, mais un ordinateur.

– Tu m'as parlé de ton ceinturon.

– Oui.

– Dans ce ceinturon, il y a un document.

– Comment le sais-tu?

– C'est toi-même qui me le disais hier.

– Moi?

– Oui, tu m'as dit que des bandits voulaient absolument te voler le ceinturon. Et c'est ce qui est arrivé.

– Le moniteur a trouvé effectivement un message dans le ceinturon. Des chiffres partout, dans le ceinturon, les agendas, sur le pendentif de l'Agneau!

– Des chiffres?

– Selon le moniteur, il s'agit des coordonnées, c'est-à-dire latitude et longitude, d'un lieu, ou de plusieurs endroits?

Roseline s'appuie sur la table et, d'une voix que je trouve trop forte, me déclare :

– Mon cher cousin, nous sommes près de la solution!

Elle va au réfrigérateur, prend un verre d'eau, s'assied, relève le torse, prend un grand souffle et me dit :

– Nous possédons des éléments importants, ton moniteur sait où est le lieu; selon moi, il s'agira d'y mettre les deux ou trois masques ensemble et là, nous verrons.

– Sauf qu'un masque est à Paris et deux autres ont été volés ici même!

Roseline reprend sa respiration et moi j'essaie de faire le tri dans nos idées. Ma cousine est encore plus bizarre que moi, c'est peu dire. Quelle énigme mon oncle a posée!

– Pourquoi, à ton avis Roseline, tout cet embrouillamini de la part d'El Nan?

– Il faut vraiment qu'il y ait quelque chose d'incroyable à l'autre bout!

– Donc, si je résume, deux ou trois masques dans un lieu, pas encore vraiment localisé, nous conduiraient à quoi?

– Ce que mon père voulait cacher ou protéger contre des gens avides.

– Selon toi, ces gens étaient au courant que ton père avait découvert un bien unique et avait monté cette histoire?

– Mon père n'a peut-être rien monté du tout. Il a eu, ou on lui a confié, quelque chose de précieux. Les bandits en connaissent une partie, sûrement plus que nous, et, depuis longtemps, puisqu'ils recherchent les masques et le ceinturon ou d'autres indices.

– Je me demande comment ils sont parvenus à ça.

J'observe Roseline. Quel raisonnement! Elle se lève, me tapote amicalement l'épaule et me dit :

– En Afrique, tout se sait, même et surtout en brousse; mon père, un *tubaab*[1] en plus, était inévitablement repéré, ses faits et gestes observés. Il faut aller se coucher, je crois qu'on a bien avancé ce soir.

Elle va dans sa chambre, je m'allonge de nouveau dans le lit. Tout me dépasse.

Plus que jamais, les idées chahutent ma tête, je finis par m'endormir.

Un bruit violent, suivi d'un cri, me réveille en sursaut. Qu'est-ce qui se passe encore? J'entrouvre les yeux. On s'agite autour de moi.

---

1. *Tubaab* : Européen

Chapitre vingt-trois

Pétoche

– Réveille-toi! Réveille-toi!

Je me demande qui crie ainsi dans mes oreilles. Je m'extirpe d'un cauchemar où je courais à perdre haleine.

– Le Loup?

L'Agneau rigole auprès de mon lit. Roseline aide sa mère dans le coin cuisine.

– Tu fais la grasse matinée, alors qu'aujourd'hui nous devons livrer la partie du siècle!

– Bon sommeil, le Loup? me demande ma tante.

En arrière d'elle, Roseline sourit.

Je m'étire et j'essaie de rassembler mes idées et mes membres.

Je repense aussitôt à ce que Roseline et moi avons dit hier. Cela se mélange avec mon rêve.

Après m'être lavé les dents avec de l'eau potable – attention, toujours prendre de l'eau potable – je me peigne, et rejoins les autres assis à la petite table.

– On pourrait croire, mon cher neveu, que tu as passé la nuit dans un cocotier.

– Nous avons eu une sérieuse conversation hier, le Loup et moi, explique Roseline.

– Et de quoi avez-vous donc discuté à des heures si tardives?

– De masques et de ceinturon.

– Je vois, je vois...

– Quoi, maman?

– Je suis au courant de certaines choses.

– Comme?

Nous sommes suspendus à ses lèvres. L'Agneau a les yeux hagards, et la bouche si grande ouverte qu'une escadrille de moustiques pourrait y faire une démonstration de voltige aérienne.

– Vos accompagnateurs m'ont un peu expliqué la situation et hier soir, mes deux loustics, je vous ai entendus.

Je rougis, Roseline aussi, j'en suis sûr, même si cela ne paraît pas sur son visage. Quant à l'Agneau, ses yeux tournent dans leurs orbites comme des boules folles sur un billard.

– Pour les masques, nous nous sommes, les accompagnateurs et moi, posé les mêmes questions que vous. Ce que je vous dis en ce moment, doit rester entre nous, d'accord? N'est-ce pas?

Nous acquiesçons de la tête.

– Bon, effectivement il semble que les deux masques, et peut-être d'autres encore, soient

essentiels pour atteindre l'objectif inconnu. Le
ceinturon peut donner des précisions quant au
lieu. Vous, vous pensez aussi à une paroi; pourquoi pas une armoire, un meuble, un mur, un
objet?

    – Les bandits ont maintenant deux masques,
qui étaient sur ce mur, mon ceinturon, qu'ils
m'ont volé hier, peut-être d'autres masques,
statues, objets dérobés à Paris; comment vérifier
ce qu'ils ont pris dans le grenier? Est-ce que le
pendentif de l'Agneau serait une des clés pour
eux?

    J'espère qu'il n'y aura pas de casse. J'ai un
pressentiment : si les bandits se sentent coincés
ou menacés, j'ai l'impression que c'est nous qui
allons trinquer. Si ça tourne mal, ils se vengeront
sur nous. Ils n'ont pas fait ce boulot pour se faire
doubler au moment où ils tiennent leur butin.
Je panique. Les moniteurs-policiers se rendent-
ils compte de la menace qui pèse sur nous, plus
particulièrement l'Agneau et moi? Les autres
enfants aussi sont en danger. À moins que les
autorités se soient préparées à tout.

    Je ne suis pas en grande forme pour notre
dernier match. Pourtant, il faut y aller. D'ailleurs,
notre tante nous demande d'accélérer un peu.
Nous prenons nos affaires, déboulons l'escalier
et marchons vers l'autocar qui nous attend à
quelques mètres de l'appartement de tantine.

    Embrassades et nous voilà partis vers le
stade où, profitant de la fraîcheur matinale, nous

allons jouer notre dernière partie à Saint-Louis.
Nous dépassons tantine sur son vélo et Roseline
qui marche sur le bord de la route poussiéreuse.
J'ai des nœuds partout dans le corps, des
crampes, mal à la tête, je tremble, j'ai envie de
vomir. L'Agneau somnole. Je ne voudrais pas
qu'il lui arrive un pépin.

    – Faut que je te parle, le Loup, me dit l'ins-
pecteur au moment où je passe devant lui en
descendant de l'autocar.

    Nous nous éloignons du groupe.

    – Tu es tout pâle ce matin.

    J'ai les mâchoires serrées, les jambes faibles.
Je pense que je vais m'évanouir.

    – Prends une bonne respiration, mon gars.
Tu as deviné pas mal de choses.

    J'ai envie de décamper et de les planter là,
ne plus rien savoir de leurs masques et mystères, redevenir un jeune comme les autres.

    – On dirait que tu m'en veux.

    – Ras le bol! Je n'en peux plus! J'ai rien à
voir avec ce cirque. Qu'est-ce que vous attendez
pour arrêter les bandits?

    – Calme-toi, le Loup : je te rappelle, pour la
énième fois, que ce n'est pas nous qui t'avons
poussé là-dedans! Le grenier à Paris, c'est vous
qui y êtes allés, pas nous. C'est vous qui avez
mis le doigt dans le piège. Si tu nous aides, cela
va très bien se passer et nous pourrons les coffrer. Nous te demandons un ultime effort et c'est
dans la poche.

Je suis coincé. Impossible de m'échapper. D'un côté un inspecteur, de l'autre des bandits bien organisés, qui nous suivent à la trace depuis Paris.

— Que dois-je faire?

— Jouer la dernière partie maintenant. Et si tu n'as pas assez d'énergie, fais semblant. On s'occupe du reste.

— Notre tante nous en a dit plus que vous sur l'affaire.

— Nous lui avons suggéré de vous expliquer un peu nos découvertes et notre démarche, c'est plus discret chez elle qu'ici. Elle a dû vous le mentionner : pas un mot, rien aux autres!

— Ils ne vont pas faire de mal à l'Agneau, ni à Roseline, ni à personne?

— On a reçu des renforts. Pas d'inquiétude. Prêt, le Loup?

— J'ai la trouille.

— On compte sur toi, c'est le moment de te montrer solide.

— Je ferai de mon mieux.

— T'es un chic type.

Je prends mon sac de sport. L'Agneau vient à ma rencontre.

— Vous vous êtes parlé longtemps, l'inspecteur ct toi. Je peux savoir?

— Il s'agissait de plan de match.

— Et tu penses que je vais gober ça?

— L'Agneau, faut être vigilants ne pas faire de gaffe.

– Tu me fous la pétoche.

– Ne t'inquiète pas, ça va très bien se passer.

Je le laisse au milieu des accompagnateurs et moniteurs. Je rejoins les joueurs qui commencent à échauffer leurs muscles. Je me demande pourquoi nous approchons du dénouement, je ne vois pas ce qui pousserait les bandits à se manifester maintenant, surtout si nous sommes davantage protégés.

Chapitre vingt-quatre

Bas les masques!

J'oscille entre l'abattement, la colère et la curiosité. Je me sens à la fois épuisé et prêt à exploser. Ce que vient de me dire l'inspecteur me laisse pantois. Je ne comprends toujours pas la stratégie. Cela m'agace et je me sens incapable de jouer ou de faire semblant. Je ne pourrai jamais garder ma position sur le terrain. J'ai besoin qu'on m'explique ce qui va se passer de si important au cours des prochaines minutes. Je dois absolument reparler à l'inspecteur. Je refuse de jouer. Je suis révolté. J'ai de la dynamite dans le corps.

– Hé! Le Loup, tu te grouilles un peu!

– Non Monsieur!

– Et pourquoi? On joue à la star?

Henri 1er est étonné qu'on ose lui répondre ainsi.

Je boude. Je reste muet. Je regarde la terre cuite par le soleil. Les autres joueurs gesticulent sur le terrain.

L'inspecteur, qui a tout vu, consent à s'approcher de moi.

– Qu'est-ce qui ne va pas?

Motus de ma part. Blocus et bouche cousue. L'Agneau vient près de moi. Il est inquiet.

– Petit frère, peux-tu nous laisser quelques instants seuls?

La mine déconfite, l'Agneau s'éloigne.

– Le Loup, viens ici, je vais t'affranchir totalement.

Nous nous écartons du groupe. L'inspecteur sort une page de journal.

– Lis!

Il s'agit d'un extrait du *Journal de Saint-Louis* :

Un exceptionnel cadeau pour les finalistes de la Coupe de l'amitié Paris-Saint-Louis :
Grâce à la générosité de la famille Travelle, un masque d'une valeur inestimable sera remis à l'issue de la rencontre entre les équipes parisienne et saint-louisienne. Ce masque provient de la collection personnelle de Monsieur Jean Travelle, géologue et explorateur franco-sénégalais. Étrange destin pour cet objet qui retourne en terre africaine après un long séjour en France. Le masque fut offert, ainsi que d'autres masques, à Monsieur Jean Travelle lors de son séjour en brousse dans les années 60. Il apparaît que ce masque faisait partie d'un triptyque, qui avait une haute valeur spirituelle et culturelle. Les plus éminents ethnologues et spécialistes de l'art africain nous ont

confirmé que ce triptyque avait, selon les anciens, un pouvoir magique. Les deux autres masques, complétant l'ensemble, ont hélas été volés récemment au domicile de l'épouse de Monsieur Jean Travelle, domiciliée à Sor. En remettant un objet d'une si grande valeur patrimoniale, la famille Travelle et toute l'équipe française nous font un cadeau fort apprécié. Le masque sera donné à l'équipe saint-louisienne, à l'issue du match. Puis le masque viendra enrichir la collection de notre musée régional où il sera à l'abri des convoitises. Chaque année, lors des rencontres amicales de football entre la France et le Sénégal, on confiera symboliquement ce masque à l'équipe gagnante.

Il va sans dire que les joueurs de Saint-Louis déploieront le maximum d'efforts pour mériter aujourd'hui même ce prestigieux trophée.

Que le meilleur gagne!

Nous invitons le public à se rendre en grand nombre au Stade de Sor, pour assister à cette partie historique.

Je suis éberlué. Je viens de prendre en pleine poire ce texte. J'en frémis. Le nom de mon oncle est mentionné dans l'article. L'inspecteur me regarde en souriant :

– Tu comprends un peu mieux maintenant?

– Et vous pensez que les bandits possèdent déjà les masques de ma tante et qu'ils vont essayer de voler le troisième?

– Oui.

– Pourquoi les trois masques sont-ils si importants? Un triptyque, c'est quoi?

– N'en parle à personne, promis! Même pas à ton petit frère! D'accord? Voilà : lorsque les trois masques sont assemblés, les ethnologues et les spécialistes de l'art africain nous ont confirmé que la figure qu'ils composent est tout à fait unique. Le triptyque est une œuvre composée de trois éléments; dans ce cas, trois masques. Si en plus, selon les mêmes experts, les masques sont dans le lieu voulu par les sages ou les sorciers, un événement peut se produire.

– Quoi? Un événement, c'est vague!

– Tu veux tout savoir en même temps, le Loup. Cela peut être une œuvre artistique exceptionnelle, une conjonction de forces qui relèvent de la magie ou une banale fresque sur bois, tout est imaginable. Les experts sont formels sur un point, ces masques sont hors du commun et peuvent s'agencer dans un but spécial que nous ignorons... Voilà, je ne peux aller plus loin.

– J'ignorais que notre famille était la généreuse donatrice d'un masque! Lequel avez-vous choisi?

– Bien sûr celui de l'enfant au-dessus de l'homme.

– Pourquoi?

– Il est identique à ceux dérobés chez votre tante!

– Vous avez vu la photo?

– Oui.

– Elle vous l'a passée?

– Non, elle était dans le courriel de votre ordinateur.

– Vous êtes entré dans notre ordi?

– Pas moi, nos services. Nous avons aussi scruté tous les agendas et, comme je te le disais, consulté les spécialistes d'art africain. Entre parenthèses, les chiffres sur le pendentif de l'Agneau, on les retrouve dans un agenda et sur la tête de l'enfant, au sommet du masque de Maisons-Alfort!

– Vous ne respectez pas ma vie privée : lire mes courriels!

– Nuance, nos services enquêtent sur des menaces envers mineurs, des infractions au domicile d'autrui, des attaques envers vous dans la rue. Le Loup, nous ne sommes pas dans un jeu d'enfants, dans un scénario de film : vous avez été agressés!

– Oh! là, là! tout cela m'agace, m'effraie. Je suis prisonnier d'un engrenage infernal. Quelle idée stupide nous avons eue d'aller chez El Nan ce jour-là!

– Le Loup, depuis le début je te fais confiance, j'espère que c'est réciproque. Je peux compter sur toi pour le match?

J'observe cet inspecteur, président de notre club de foot, père de mes deux copains, je le regarde bien dans les yeux et je vois que c'est un homme franc. Je suis certain qu'il va nous protéger.

– Après ce qui est écrit dans le journal, je dois me montrer à la hauteur de la réputation de mon oncle. Vous les instructeurs, vous avez organisé pas mal de choses. Je me sens souvent dépassé.

– N'oublie pas que nous avons le soutien de nos collègues sénégalais. Allez, le match va commencer. Bonne chance sur le terrain!

L'inspecteur retourne vers les joueurs et fait un clin d'œil à Henri 1er.

L'Agneau me rejoint aussitôt.

– Mais qu'est-ce qui se passe?

– Ne t'inquiète pas; cette fois, je vais jouer au maximum. Il faut que je fasse honneur à notre oncle, qui serait content de nous voir ici aujourd'hui.

– Pourquoi me parles-tu de notre oncle en ce moment?

– N'oublie pas que c'est grâce à lui que nous sommes ici.

Le match commence. Même si ce n'est pas un jour de congé, plus de gens se sont déplacés que les autres fois; je suis certain que l'article dans le journal y est pour quelque chose. Pour une fois, je me sens fort, j'ai envie de m'amuser et de laisser les vieux terminer leur enquête. Après tout, je ne peux rien y changer, je ne suis qu'un joueur de football, débutant, je l'admets, mais motivé. Que la partie commence! Pourvu qu'elle finisse bien!

Chapitre vingt-cinq

La partie n'est pas gagnée

Cette fois, les organisateurs ont mis le paquet. Des haut-parleurs diffusent des airs à la mode et des tam-tams retentissent près des estrades. La foule est beaucoup plus dense qu'aux matchs précédents. Il y a même un podium surmonté des drapeaux sénégalais et français.

Les uniformes des Sénégalais sont neufs. Les nôtres, un peu fatigués, sont à l'image de notre équipe. Pourtant les entraîneurs n'arrêtent pas de nous stimuler et les quelques partisans d'origine française nous encouragent.

J'essaie de mettre de l'ordre dans mes idées. L'inspecteur m'a bombardé d'informations, juste avant ce match décisif. Au moins, je sais un peu plus à quoi m'en tenir. D'ailleurs, c'est moi qui ai sollicité ces renseignements.

La partie vient de débuter. Aussitôt, une clameur retentit dans le stade, les joueurs sénégalais harcèlent déjà notre gardien de but. C'est un véritable matraquage. Notre défense n'arrive pas à résister à l'invasion.

Cafouillage devant nos buts, tirs en touche, retour des adversaires devant nos filets. Bonds dans les airs de notre gardien. La foule apprécie sa souplesse et sa rapidité féline. Cela remonte le moral de nos Lions! Contre-attaque, notre avant-centre se détache comme une fusée, il va trop vite, beaucoup trop vite, c'est un hors-jeu! Le vent vient de tourner, notre équipe commence à se reprendre. Le public sénégalais nous applaudit.

Contre-attaque des Sénégalais. Une descente en éventail, un ballon qui circule, parfaitement contrôlé; c'est la panique dans nos rangs. Un puissant tir de l'ailier droit sénégalais s'écrase sur la poutre transversale. Nous venons de l'échapper belle! Un vrai miracle! Corner. La tension monte d'un cran. Il y a réellement beaucoup de joueurs adverses face à nos buts! La foule crie, puis tout à coup se tait. Le ballon s'élève dans une courbe élégante et précise. On dirait qu'il est aimanté par nos filets. Les joueurs saint-louisiens sautent, les nôtres n'atteignent pas les mêmes hauteurs, une tête dévie la trajectoire, le ballon se loge dans la lucarne droite de notre but.

Notre gardien regarde en arrière de lui, le ballon finit sa course dans le filet. Nous sommes consternés. Les Sénégalais viennent de marquer le premier but. Les tam-tams retentissent. La foule chante.

Euphoriques, les joueurs de Saint-Louis retournent de leur côté. Nous reprenons nos positions, la mine basse, les jambes traînantes.

Henri 1ᵉʳ en profite pour effectuer quelques changements. On me demande de prendre position en arrière. J'entends l'Agneau qui m'encourage. Il fait chaud à crever; pourtant j'ai des frissons. La joueuse que je remplace a livré une bataille féroce. Son maillot de corps est trempé, son visage ruisselle de sueur, elle me tend la main.

Je rentre sur le terrain à petite foulée. Je ménage mes forces. Il va falloir tenir le coup.

C'est reparti! Aussitôt nous sommes soumis à une autre attaque. Quelle énergie ils ont, ces joueurs de Saint-Louis! Ils sont partout. Ils courent, volent, dansent. Ce sont des acrobates, des virtuoses : on croirait le ballon attaché à leurs pieds ou au bout d'un fil. Quelle démonstration, quel talent! J'ai l'air d'un tracteur qui laboure lentement une terre sèche. Je n'ai pas le temps de penser. Ils sont si nombreux, si mobiles, que je ne sais où donner de la tête. Je les vois partout. Ils nous oppressent, encerclent, ensorcellent, j'en ai des vertiges. Je cours, me dépense, je tourne autour d'eux. Je ne sers strictement à rien. Je reprends mon souffle. J'essaie de comprendre ce qui se passe. Je me replie vers mon gardien. Enfin, il s'empare du ballon et effectue un dégagement au-delà de la ligne médiane. Nous soufflons un peu. J'ai du mal à récupérer. Cet assaut a été épuisant. Comment vais-je tenir?

Nos avants construisent une belle attaque. Pour une fois, ce sont les Africains qui subissent la pression. La foule conspue ses joueurs. Mon Dieu que ce public est exigeant!

Le ballon rebondit vers nous. Je le bloque. J'essaie de voir à qui je peux le renvoyer. Nos joueurs sont étroitement surveillés. L'ailier droit me fait un signe discret de la main, j'ai pigé, je tire; il récupère le ballon du pied, évite un adversaire, fonce vers le but sénégalais et bombarde le filet. Le gardien sénégalais est dépité. Les joueurs adverses plient le dos. Il vient de se passer quelque chose d'imprévu. La foule semble décalée par rapport à l'événement. Il lui faut quelques secondes pour comprendre que nous venons de marquer un but. Cette fois, le rythme ralentit. De part et d'autre, on s'observe : plus de grandes invasions, plus d'attaques surprises, personne ne veut commettre de faux pas. On attend l'erreur pour s'engouffrer et profiter au maximum des faiblesses. L'arbitre siffle la mi-temps.

Nous regagnons nos bancs.

Henri 1er nous réunit.

Que l'eau est bonne et le citron vert, acide!

– Bravo le Loup, c'est un peu grâce à toi, murmure l'Agneau.

Je lui donne une tape amicale dans le dos.

J'écoute les consignes de l'entraîneur. Je suis si fatigué que je n'arrive pas à me concentrer. Le match recommence. Une chance que je ne suis pas sur le terrain pour l'instant. Au début, les joueurs sénégalais reprennent leur rythme d'enfer, puis ils modèrent leurs élans.

L'entraîneur me demande de retourner sur le terrain pour les quinze dernières minutes. Cette fois, je suis très motivé, j'ai encore de l'énergie pour défendre notre équipe. Prudence! Mon adversaire principal est un gaillard bâti dans le roc. Il déboule devant moi, lancé à pleine vitesse. J'ai l'impression d'être un insecte qui tourne autour d'un éléphant. La seule chose que je puisse faire, c'est l'agacer, le piquer. Si en plus, je lui dérobais le ballon, j'aurais réussi, mais s'il me rentre dedans, il m'écrasera comme une crêpe.

Quinze minutes, c'est long. Dès la première attaque, je suis essoufflé. Je n'arrive pas à aller chercher mon oxygène. Heureusement, notre gardien réalise des prouesses. Étienne et les jumeaux sont extraordinaires. Ils coordonnent toutes leurs actions. Ils ne paniquent jamais. Dès que je peux, je leur envoie le ballon. Je note chaque fois leur position et ils sont très bien placés pour effectuer de belles descentes. Et voici le mastodonte qui fonce vers moi. Impossible d'attirer son regard. Je gesticule, saute, crie. Il poursuit imperturbablement son chemin. Au risque de me retrouver allongé sur une civière, je me plante devant lui. Il m'observe. Trop tard, je lui ai volé le ballon. Il est fou de rage. Je tire au hasard en essayant de dégager notre section. Un des jumeaux s'empare du ballon et, avec son frère et Étienne, le trio organise une contre-attaque. Tout va très vite. Passe des jumeaux entre eux : ils se comprennent sans dire un mot, sans un geste; Étienne reçoit le ballon, tire aussitôt. Le gardien de Saint-Louis est pris à contre-pied et c'est le but!

Nous menons actuellement par deux buts à un. C'est la désolation dans l'équipe sénégalaise. Nous jubilons. Il ne reste que cinq minutes. Cette fois les Sénégalais rugissent. Ils sont survoltés. Notre équipe s'est repliée autour de notre gardien. Nous sommes constamment canonnés. Je cours à droite et à gauche. Mon mastodonte devient léger, il me contourne, il tire et marque!

Je souhaite être remplacé. Je me sens coupable. Je suis vidé. Je n'ai plus rien dans les jambes. Il me semble que le stade est immense et que les Sénégalais sont partout. L'entraîneur demande un changement de joueurs. Je regagne la petite tribune. Mon remplaçant fera sûrement mieux que moi.

Dès la reprise, les Sénégalais se déchaînent : il reste trois minutes, et c'est actuellement match nul. La foule et la radio crient à tue-tête. Les tam-tams maintiennent un rythme frénétique. La tension est au maximum. L'équipe sénégalaise joue son va-tout. Les nôtres font une ou deux contre-attaques qui sont rapidement muselées. Plus que deux minutes! La foule entonne des chants puissants. Je me sens tout petit sur le banc. Et voici, parti du centre, un joueur saint-louisien : il descend, contourne, se glisse, danse, tombe, repart, jongle, pique une pointe, fait une passe à droite, revient au centre, reçoit le ballon, c'est le face-à-face avec notre gardien. Que va-t-il se passer? Nous sommes en attente. Notre gardien est une panthère prête à jaillir sur le ballon. L'autre évalue, part à gauche, revient sur la droite, et tire! Un projectile imparable. Notre valeureux gardien reste cloué au sol. La foule exulte. C'est un tintamarre ahurissant. Le gardien se relève. Il sort le ballon du fond des filets. L'arbitre siffle la fin de la rencontre.

Nous venons de perdre la finale.

Le public envahit le stade et se rue sur nous. L'invasion est sympathique et affolante. Les agents de police sont complètement débordés.

Chapitre vingt-six

La pagaille

Quelle pagaille! Elle semble amicale, je dis bien semble, car je me demande si cette cohue n'est pas manipulée par quelques meneurs. J'observe notre entraîneur et les gens qui nous accompagnent.

Ordre est donné : repli vers notre autocar. Je prends la main de l'Agneau. Et si parmi la foule il y avait des bandits? Ce serait le moment idéal pour nous kidnapper et ensuite faire du chantage. J'ai peut-être le ciboulot qui tourne trop vite. Ce que nous avons vécu à Paris me force à rester sur mes gardes. Ce débordement de foule m'inquiète. Je ne suis pas le seul. Des personnes, plus excitées que les autres, prennent d'assaut la tribune à l'endroit où se trouve, dans sa boîte, le trophée tant convoité. Quelques costauds écartent vigoureusement ceux qui leur font obstacle. La boîte passe de main en main, tombe, s'entrouvre, elle réapparaît dans d'autres mains. Voici du renfort : des malabars sortis de je ne sais d'où grimpent sur la tribune. Elle commence à tanguer. L'entraîneur nous pousse dans l'autocar. Le public s'éloigne des loubards qui tentent de faire chavirer la tribune. Puis un groupe court vers l'autre bout du stade. Ces individus sont aussitôt poursuivis par ceux qui, selon moi, pourraient être des policiers en civil.

Oh! là là! Quel cirque! Je me sens protégé, dans l'autocar. L'Agneau est à côté de moi, Étienne en avant. La foule s'est retirée et observe. La tribune vient d'être dégagée par des policiers. Le calme revient. On remet en place le décor branlant. Les haut-parleurs grésillent et annoncent :

– Mesdames, Messieurs, nous vous prions de rester calmes. Les événements qui viennent de se produire sont l'œuvre de la racaille. Ces fauteurs de troubles seront retrouvés et châtiés. Nous présentons nos excuses à nos amis étrangers. Comme on dit : « Que le spectacle continue! » Nous allons procéder à la cérémonie finale. Je demanderai à tous d'observer une attitude respectueuse et conforme à la tradition d'hospitalité du Sénégal.

Les entraîneurs nous invitent à descendre de l'autocar. L'équipe sénégalaise s'aligne devant la tribune. Nous la rejoignons. Une musique joyeuse retentit dans les haut-parleurs.

– Mesdames, Messieurs, nous allons, dans quelques instants, confier le trophée de cette finale à l'équipe gagnante. Je demande aux deux capitaines de venir me rejoindre sur la tribune. Le capitaine de l'équipe française remettra le trophée à l'équipe sénégalaise, qui vient de remporter brillamment la finale.

Les applaudissements retentissent.

Étienne, notre capitaine, saute sur l'estrade. Le capitaine sénégalais passe sous la haie d'honneur de son équipe. De nouveau, les applaudissements fusent. J'en ai les mains qui rougissent.

– Comme vous le savez certainement, Mesdames et Messieurs, ce trophée vient de la famille Travelle, c'est pourquoi j'invite la fille et les deux neveux de Monsieur Jean Travelle à venir nous rejoindre. La présence de ces trois enfants Travelle parmi nous montre bien la force de la vie. Et vive le sport!

Roseline, que je n'ai pas vue depuis ce matin, émerge de la foule. Timide, elle avance, la tête basse, le sourire aux lèvres. L'Agneau et moi n'en menons pas large non plus.

– Et voici le moment tant attendu : nous allons, par cette remise officielle du trophée, sceller l'amitié entre nos joueurs. À l'issue de parties dynamiques et passionnantes, il nous fait grand plaisir de voir que des jeunes des deux continents jouent ensemble. Nous souhaitons que de tels événements se reproduisent le plus fréquemment possible. Maintenant, Monsieur le Capitaine, veuillez recevoir de la part de la famille Travelle le trophée tant mérité. Monsieur le Capitaine de l'équipe parisienne, je vous tends cette précieuse boîte afin que vous l'offriez à l'équipe victorieuse.

Les applaudissements et les cris d'enthousiasme montent de la foule.

Je m'étonne d'être là. Il y a quelques instants à peine, je pensais que nous pouvions être
pris en otage! Il y a parfois dans la vie des vi-
rages inattendus.

Roseline est très émue. Étienne ne la quitte
pas des yeux.

C'est l'heure solennelle. Un photographe
croque la scène historique. Roseline et Étienne
remettent la boîte au capitaine sénégalais.

– Maintenant, Mesdames, Messieurs, notre
intrépide capitaine a l'honneur de nous dévoiler
le contenu de cette boîte!

Fébrile, le capitaine sénégalais soulève le
couvercle. Même si la boîte a été malmenée durant l'invasion du podium par la foule, le masque
va enfin apparaître sous les yeux de la foule et
sous les miens curieux de le voir ici et non à
Maisons-Alfort.

Le capitaine sénégalais ouvre la boîte. Je ne
saurais dire s'il est heureux, étonné, ou déçu.

– Cher ami, montrez-nous ce magnifique
trophée!

Le capitaine nous regarde, regarde le maître
de cérémonie, se tourne vers Roseline et je l'entends qui murmure :

– C'est pas possible, pas possible...

Le maître de cérémonie se penche sur la
boîte, les yeux ébahis, la bouche grande ouverte;
il reste figé et muet.

Je m'avance, j'examine le fond de la boîte, et moi aussi je paralyse.

Aussitôt, notre moniteur grimpe sur le podium, découvre le contenu de la boîte et parle avec le maître de cérémonie.

La foule s'impatiente. Des cris se répandent. De nouveau, la tension bat son plein. Les discussions des responsables n'en finissent plus. Le public est nerveux.

– Mais qu'est-ce qu'il y a dans cette boîte? me demande l'Agneau. Est-ce que le masque est en or?

– Un bout de bois.

– Un quoi?

– Bout de bois, simple morceau de bois.

– Et le masque?

– Perdu, disparu, volé!

– Mesdames et Messieurs, nous sommes devant une situation exceptionnelle. Un peu de silence, je vous prie. Nous avons besoin de calme afin de vous expliquer ce qui se passe. Le contenu initial de la boîte a été dérobé sous nos yeux, il y a quelques minutes. Des gens malveillants ont eu le culot de voler le masque rarissime, don de la famille Travelle, et de le remplacer par un vulgaire morceau de bois!

Le micro à la main droite, le présentateur extirpe le morceau de bois et le montre au public.

Des souffles de surprise, des cris, des rires, des moqueries émanent de la foule. Puis un long silence se produit et les yeux se tournent vers le podium.

– Comme vous vous en doutez, nous ne pouvons accepter de tels gestes. Dès que les voleurs seront arrêtés, nous reprendrons cette cérémonie et nous vous y inviterons. En attendant, nous allons féliciter chaleureusement les participants à cet événement sportif. D'abord nos amis français qui ont effectué ce long voyage pour vivre à la sénégalaise, cela en pure amitié. On les applaudit!

La boîte et son morceau de bois sont relégués en arrière et finissent entre les mains de gens qui les examinent de près.

– Et maintenant, nos félicitations vont à l'équipe de Saint-Louis, qui a su représenter si dignement le football sénégalais.

La foule approuve joyeusement. Les capitaines se donnent l'accolade. Roseline se tient à mes côtés. Que pense-t-elle? À sa place, je serais peiné; ce masque est un cadeau de son père, qui était honoré aujourd'hui.

Les haut-parleurs reprennent leur musique exaltante. Le public danse. Les tam-tams rythment les déhanchements des jeunes. Roseline ne peut résister à la musique.

– Es-tu triste?

– Ce n'est pas si grave que ça. Il faut danser, cela chasse tous les maux.

Et elle sourit. Du coup, nous nous laissons emporter par les rythmes et je me dis que, maintenant, les vacances commencent. Nous n'avons plus de match à disputer, nous allons pouvoir nous reposer un peu. Nous n'avons pas si mal joué que cela, face à des champions. J'espère que la police va mettre la main sur les malfaiteurs et que nous ne serons plus tracassés par ces sinistres personnages. En cette fin d'après-midi, place à la musique, à la joie de vivre, et vive le sport et l'amitié!

– Le Loup, on souhaiterait te parler dans quelques minutes.

Le visage sérieux de l'inspecteur n'augure rien de bon, moi qui rêvais de vacances!

Chapitre vingt-sept

Au-dessus de la situation

Me parler, me parler! Qu'est-ce qu'ils ont donc encore à me dire? Depuis le début, on nous demande, à l'Agneau et à moi, de demeurer en retrait, alors que nous sommes exposés. On nous en dévoile le minimum, et encore, c'est tantine qui joue la messagère. On nous prend pour des poires! « Soyez gentils, ne vous inquiétez pas, on s'occupe de tout, on vous tiendra au courant, pas de panique, ça va très bien se passer... » Et patati et patata, ou plutôt : « et patate-ci et patate-ça », comme dirait l'Agneau. Oui, parce que nous sommes vraiment dans les patates!

– À quoi penses-tu, le Loup?

– À rien.

T'es en colère?

Silence.

– Bon! Je comprends que tu sois fatigué. Nous aussi. Je vais bientôt vous affranchir.

L'Agneau regarde l'instructeur-inspecteur avec les yeux ronds comme des pièces de deux euros.

Je ronchonnerais volontiers. En même temps, mon cœur accélère. J'ai le pressentiment que quelque chose d'anormal est en train de se produire. Jusqu'à présent, nous avons suivi une ligne parfois droite, parfois zigzagante, mais qui avançait toujours. Je ne vois, pour l'instant, pas d'horizon. Tout est bouché. Je ne sais plus où nous en sommes; depuis cette pagaille dans le stade, on dirait que nos instructeurs ont perdu le contrôle. Cette boîte si importante ne contenait finalement qu'un morceau de bois! Les voleurs se sont montrés efficaces et insultants. Pauvre Roseline, heureusement qu'elle a un si bon caractère. Les bandits se sont moqués de nous tous.

– Suivez-moi.

Nous marchons jusqu'à une voiture grise. Deux personnes sont assises à l'avant.

– On s'installe à l'arrière.

Aussitôt, la voiture démarre en trombe.

– Maintenant, écoutez-moi bien, les jeunes. Nous sommes sur la piste. Si cela se passe comme nous l'avons imaginé, ce soir, vous serez fixés sur les raisons de toute cette histoire. C'est assez complexe. Actuellement, nous tentons de réunir les composantes du casse-tête. Ce qui est en désordre va prendre sa place, c'est notre pari.

– Vous êtes des magiciens? ironise l'Agneau.

L'inspecteur jette des yeux durs à l'Agneau. Les deux malabars en avant se tournent vers nous, ils sourient à la remarque de mon frère.

Du coup, l'inspecteur respire un grand coup et
poursuit :

– Oui, si tout se déroule bien, j'admets que
cela relèvera un peu de la magie. Ça chauffe!
J'exige que vous restiez très près de moi. Je ne
suis pas obligé de vous inviter à notre enquête.
C'est exceptionnel, je le souligne. Je ne connais
aucun policier qui procède ainsi. Je pense que
là où vous serez, vous ne risquerez rien, et j'agis
avec vous comme si vous étiez mes enfants.

– Pourquoi vos enfants ne sont pas venus
avec nous?

– Parce que cette histoire vous concerne,
vous! Ensuite, je crois que vous méritez d'assister
au dénouement de notre enquête, si c'est la fin,
sinon...

Silence dans la voiture. On n'entend que les
bruits du moteur et de la rue.

Cette phrase de l'inspecteur me surprend.
Je ne m'y attendais pas.

– On ne va pas entrer dans le mélo, mais je
me répète, vous êtes aux premières loges, parce
que nous pensons que vous ne risquez rien et
pour que vous soyez les premiers informés, à
titre de premiers intéressés.

Mon cœur bat vite. Touchons-nous au but?
Le vrai match commence et cette fois nous
sommes des spectateurs!

La voiture se faufile au milieu de l'intense
circulation. Des gens chargés, des calèches, des
vélos, des charrettes, des enfants qui courent,

des femmes aux boubous rutilants se croisent sur le pont Faidherbe.

Nous voici dans l'île de Saint-Louis. La vieille cité se dore au soleil vif. Les rues se succèdent dans un damier régulier. Le chauffeur sait où aller. En plus, c'est un expert en conduite; il n'est pas toujours facile de deviner les intentions des piétons, surtout des enfants. À la sortie du pont, nous passons devant l'Hôtel de la Poste, prenons à droite la rue Blaise Diagne puis, devant l'Hôtel de la Résidence, on tourne à droite rue Seydou Tall; pourquoi mon cerveau retient-il ces noms? Nous longeons le fleuve par une rue parallèle. Direction nord.

La voiture s'arrête sur le quai Roume.

– Vous voyez la porte à droite : dès que vous sortirez de la voiture, vous y entrerez. Attendez-moi de l'autre côté. Soyez très rapides et discrets. Compris?

– D'accord.

Aussitôt dit, aussitôt fait, nous sommes au bas d'un escalier. L'inspecteur et le passager d'en avant nous rejoignent.

– On monte!

Nous débouchons sur une véranda intérieure. L'inspecteur ouvre un volet. Nous entrons dans une grande pièce vide. L'adjoint de l'inspecteur referme la porte derrière nous. La lumière du jour filtre à travers les volets.

– Maintenant, plus un mot, plus un bruit. Faites surtout attention de ne pas faire crier le plancher, nous ordonne l'inspecteur d'une voix presque inaudible.

Il nous fait signe de le suivre. Nous passons dans une autre pièce, à gauche.

L'inspecteur se met à genoux et nous invite à l'imiter. Il soulève une lame du plancher.

– Mon Dieu! je ne peux m'empêcher de murmurer.

L'inspecteur sourit, il est fier de sa surprise. Pour être aux premières loges, nous y sommes! Pour une fois, nous dominons la situation. Vue imprenable sur la salle en bas. Elle aussi est dans la pénombre que diffusent des volets. Des sacs entassés, des boîtes de carton entrouvertes, des toiles d'araignée, une échelle, un vieux tonneau, une brouette rouillée, des boîtes de conserve vides, un lit en bois, couvert de nattes, des calebasses, une théière sur une petite table près du lit, un tapis de prière; sur les murs, une peinture ocre qui s'écaille; j'observe attentivement ce décor de hangar.

L'inspecteur pointe quelque chose du doigt. Je regarde dans la direction indiquée. « Entrepôt de gomme arabique », la pancarte de bois doit dater du siècle dernier, le temps a effacé quelques lettres. L'inspecteur insiste du doigt. Je prête attention. Et là, je vois! L'Agneau est comme moi, je le sens parcouru de frissons. Le mur, en face de nous, en bas, est une étrange façade en bois. Des têtes sculptées en sortent, des arbres s'élèvent sur la paroi, leurs branches s'entremêlent, des oiseaux, des visages surgissent parmi elles et le feuillage inextricable. Le bois est très foncé, presque noir, le peu de lumière qui passe par les volets ne permet pas de comprendre l'ensemble de cette fresque.

L'inspecteur insiste encore du doigt. Maintenant que mes yeux se sont un peu accoutumés, je découvre un masque sur le mur de bois et, de part et d'autre, trois niches creuses, de taille similaire au masque. Ce masque est identique à celui que nous avions découvert à Paris, et donc très semblable à ceux qui ont été dérobés chez notre tante.

L'Agneau, la main sur la bouche, étouffe un souffle de surprise. Je me tourne vers l'inspecteur, lui et son collègue sourient. Je me demande comment ils ont pu arriver ici. Est-ce que les gens en bas peuvent nous voir? L'inspecteur nous fait signe d'attendre.

Chapitre vingt-huit

Le fond du coffre

L e collègue africain de l'inspecteur a installé un petit ordinateur. Nous nous
penchons sur l'écran. Le collègue oriente une
caméra qui balaie l'entrepôt en dessous de nous.
Je remarque un fil qui passe par le trou qui
nous servait d'observatoire.

– Rien de nouveau, Ahmed?

– Sont en route, nous transmet-il en ajus-
tant son casque et son micro.

La caméra fouille la porte d'entrée, longe les
murs, capte des détails des sculptures, livre en
panoramique le fond de la salle, les sacs, les
boîtes, les vieux barils, puis va chercher des noms
sur des étiquettes. Ahmed est satisfait, le joujou
électronique obéit parfaitement.

Ahmed s'amuse vraiment avec l'ordinateur.
Il tire de ses fichiers des visages, d'Africains ou
d'Européens; dans les deux cas, ce ne sont pas
des bouilles sympathiques. Je crois reconnaître
des personnes qui nous ont déjà suivis dans la
rue à Maisons-Alfort. L'Agneau m'agrippe le
poignet au passage d'une photo plus évidente

que les autres. Il s'agit d'un homme corpulent, que nous avons rencontré en allant au stade, visage pâle, regard maléfique, tristement inoubliable. Ahmed est satisfait de nos réactions. Il agence plusieurs photos en une pyramide qui remplit l'écran. Un homme domine la pyramide. Son visage m'est totalement inconnu.

Les yeux d'Ahmed lâchent l'écran. Ahmed se concentre sur l'écouteur. Il lève l'index droit pour nous signifier d'être attentifs et il le pointe impérativement vers l'écran. La caméra nous montre la porte et la lumière du jour qui filtre à travers les cassures. Mon cœur se lance dans un sprint effréné. Je sue. J'ai froid. Je frissonne. Mes mains tremblent. La porte s'ouvre. Nos yeux sont rivés sur l'écran qui scintille.

Une, deux, trois personnes entrent dans la pièce, referment aussitôt la porte. Leurs lampes de poche balaient la salle. Sur l'écran, nous voyons les faisceaux, comme ceux qui brillent au-dessus de la tour Eiffel et qui enflamment le ciel de Paris. Mon Dieu, que Paris est loin! Lorsqu'un jet de lumière atteint la caméra, l'écran passe à une surbrillance, puis à l'obscurité complète. Ont-ils déjà deviné la présence de cette caméra? Non, l'écran redevient clair. Les bandits foncent sur le mur gauche. Les trois lampes sont braquées sur les panneaux de bois. Arrive un quatrième individu. Il ferme la porte derrière lui. Il tient un gros sac de sport, qu'il ouvre aussitôt. Deux complices saisissent trois objets noirs : nous reconnaissons les masques. Un homme, moins nerveux que les autres, ordonne d'un geste, de fixer les masques sur le mur. Les deux compères obéissent. Ils tendent les masques et essaient de les coller au mur. Cela ne fonctionne pas. Le chef s'énerve, gesticule, fait signe d'intervertir les masques. Les bandits tâtonnent et parviennent à faire entrer les masques dans les encoches du mur. Il y a déjà un masque sur la paroi; il est semblable aux autres, sauf que l'enfant au sommet porte une couronne. Ce masque surplombe maintenant les trois autres. Le mur est complet. Il impressionne par la gravité des masques et l'allure austère de l'ensemble. Même les bandits sont sensibles à la puissance des esprits qui se dégage de la paroi. Ils reculent d'un pas. Le chef appuie sur les masques. Rien ne se passe. La nervosité gagne le groupe. Le chef s'avance, examine attentivement le mur, passe sa main doucement sur tous les masques, les ajuste délicatement dans leur cavité, inspecte minutieusement les aspérités et les rondeurs de la fresque. Il pousse sur le masque supérieur, rien ne se produit. Il touche la couronne de l'enfant qui coiffe ce masque. Aussitôt, l'ensemble de la paroi craque et grince. Affolés, les compères se dirigent vers la porte. Le chef observe une ouverture en dessous du masque supérieur. Il passe la main, tire sur une poignée; des panneaux de bois se détachent et on aperçoit le reflet d'une petite porte métallique.

Ahmed zoome, mais ce n'est pas net. Les bandits se rapprochent, ils braquent leurs lampes de poche sur la porte de métal. Le chef avance la main droite vers la porte. Cela ressemble à un coffre. Toutes les têtes sont tournées vers la porte métallique, ce qui fait que nous ne voyons que des touffes de cheveux. La porte est-elle ouverte? Les bandits se tiennent en retrait. Les lampes éclairent le fond du coffre. On ne distingue qu'un morceau de bois ou de cuir. À la mine interrogative de mes voisins, je constate qu'ils sont comme moi devant une énigme. Il en est de même pour les bandits, qui n'osent plus tendre la main pour saisir cet objet non identifiable. Ils se concertent à voix basse, nous n'entendons rien. Finalement, le chef, après avoir mis des gants, prend délicatement l'objet dans ses mains, l'avance sous le faisceau des lampes. L'objectif de la caméra est bouché, les têtes et les corps des bandits font écran. Puis nous arrivons à mieux comprendre de quoi il s'agit, lorsque les bandits examinent un à un ce qui ressemble à un cordon de cuir. Le chef l'ouvre et en extrait une bandelette de papier. À tour de rôle, les bandits lisent ce qui est écrit sur la bandelette. Leurs visages expriment un étonnement qui frise la déroute, la panique, l'épuisement. La cruelle déception. Le chef fouille dans le coffre, éclaire, sonde les côtés, cogne dedans de plus en plus fort.

Le chef s'arrête, abattu, les épaules voûtées, et s'assied sur un sac de gomme arabique. De rage, il retire ses gants, les jette à terre. Il se passe la main dans les cheveux. Ses acolytes le regardent, on dirait qu'ils lui demandent des comptes. Bandits blancs ou bandits noirs, c'est la même histoire. Le chef se lève, cogne violemment sur le bois, arrache les masques, crie, jure, gesticule, lance des ordres confus à ses compagnons paralysés. Ils discutent entre eux, se demandant peut-être s'il ne joue pas la comédie ou s'il est complètement marabouté. Quelque chose ne tourne pas rond dans le scénario et le chef en est responsable. Un air de mutinerie s'accroche aux visages des bandits. Le chef entre en transe. Il roule sur le sol, s'arc-boute, comme traversé par un courant de haute tension. Même si la caméra ne nous révèle pas les détails, on aperçoit de la bave sur ses lèvres. D'abord stupéfaits et immobiles, les bandits entourent leur chef et le menacent du poing.

Très calme, Ahmed regarde l'inspecteur, qui hoche affirmativement la tête. Ahmed lève le pouce droit et dit à voix basse dans le micro :

– D'accord, patron, à vous de jouer!

Quelques secondes plus tard, les deux battants de la porte s'ouvrent brutalement. Saisis par l'invasion de gaillards armés de gourdins et de pistolets, les bandits n'ont pas le temps de bouger et sont rivés au sol où ils rejoignent leur chef dans sa crise de délire. Les menottes brillent aux poignets des malfrats.

Des policiers en uniforme se tiennent de chaque côté de la porte et éloignent les curieux.

L'inspecteur et Ahmed nous regardent, l'air réjoui.

– Bravo! Les enfants, mission accomplie!

Ahmed pianote sur son clavier, l'écran s'éteint. Nous sortons de la pièce. La lumière crue du jour me surprend. Cela excite mes neurones. Il y a quelque chose d'incroyable dans cette histoire, je comprends que le chef des bandits soit devenu fou devant un simple bout de papier. J'ai vraiment hâte de savoir ce qui est écrit dessus.

Chapitre vingt-neuf

Un trésor sur la table

Nous sortons de la maison par une porte latérale. L'inspecteur et Ahmed avancent d'un pas solide. L'Agneau et moi nous traînons derrière eux.

– Qu'est-ce qui se passe? Quelque chose qui ne va pas?

– On ne comprend pas!

– Quoi?

– Le trésor.

– Ça, le Loup, nous allons le découvrir dans quelques instants.

Ahmed s'installe au volant de la voiture, l'inspecteur à ses côtés, nous à l'arrière. Notre voiture passe devant la porte du hangar de gomme arabique. Les bandits sont poussés dans un panier à salade. Des agents de police écartent les badauds. La porte du hangar est aussitôt refermée. Nous empruntons le quai Roume, direction nord, longeons la mosquée, puis l'avenue Jean Mermoz, nous arrivons, ô surprise! près du stade. Le commissariat de police est à côté, juste en face de la

Radio régionale. Ahmed gare la voiture sous un arbre. Nous suivons nos guides.

– Maintenant, on va vous affranchir.

Nous croisons des gens en uniforme, un portrait du président de la République est bien en vue sur un mur.

On nous conduit dans un bureau, où se trouvent des gens sérieux, penchés sur l'objet en cuir et la bandelette de papier. Quelques policiers sont hilares, d'autres ont les yeux interrogatifs et le front plissé. Tout cela pour un papier!

– Permettez-moi, Monsieur le Commissaire principal, de vous présenter les jeunes neveux de Monsieur Travelle.

– Enchanté.

Le commissaire porte un costume beige et une chemise rose. C'est un Noir svelte aux yeux bleus, oui aux yeux bleus, un monsieur d'une grande distinction.

– Tenez, voici le texte.

La feuille de papier racornie s'enroule sur elle-même au milieu du bureau. Un adjoint délicatement la déroule. J'essaie de lire. C'est en arabe. Autour du bureau, les agents sourient.

– Nous ne sommes pas méchants, mes collègues ont eu le temps de faire une traduction en français.

« *Dieu est grand. Dieu est au-dessus de nous. Je ne suis même pas digne d'être la poussière sous ses traces. Aujourd'hui, au moment où nos* familles, villages, clans, tribus sont menacés par la tourmente et la cupidité, je confie à mon septième fils, Aboubakar, dit le Timide, le précieux trésor de nos ancêtres.

Dieu est au-dessus de nous. L'enfant est au-dessus de l'homme. L'homme porte des masques. Le masque du mal, le masque de l'envie, le masque de la paix. Le masque du mal est le plus pesant. Le masque de l'envie peut s'alléger ou s'alourdir, il conduit l'homme vers le haut ou le bas. Le masque de la paix domine les autres. Il est léger. Il est fragile. C'est le plus beau. Il est si agréable à Dieu qu'il est lumineux. Le masque de la paix n'est plus un masque, il est bois de lumière. Il est visage de bonté, d'honnêteté, de piété. Lorsque ces trois masques se placent en ordre conforme à Dieu, qui les domine tous, la paroi de la vie s'ouvre sur un trésor. Si le mal ou l'envie domine, alors le trésor devient inaccessible.

« Aboubakar, toi le plus frêle de mes enfants, toi qui sais où se cache la paroi de la vie, pose ces masques en lieu sûr. Si à ton tour tu dois fuir sous les menaces, transmets à une personne digne ces masques et ce message. Un jour, les trois masques seront assemblés, posés sur la paroi de la vie, que Dieu couronne, ils livreront le trésor. L'enfant est au-dessus de l'homme. Au-dessus de l'enfant et de l'homme, règne Dieu. Pour atteindre Dieu, l'homme devrait être enfant. Tous les trésors, comme celui-ci, appartiennent aux personnes dont l'âme et l'esprit rejoignent la pureté enfantine.

Moi qui suis à l'autre naissance de ma vie, je te lègue ce que j'ai de plus précieux; à toi de le trouver, à toi de le transmettre. Dieu est grand. Je ne suis pas digne d'être son humble serviteur. Que la paix et l'harmonie vous entourent, fleurs divines que l'homme piétine! Prenez soin des petits et des faibles. Cherchez la sagesse. Vivez dans le respect des personnes et de la nature. Aboubakar, protège ce trésor qui me fut confié par nos illustres ancêtres. Que la paix se répande sur toi et sur toute ta descendance.»

« Rappelez-vous que nous ne possédons rien en ce monde. Heureux celui qui a la foi. Ici-bas, nous ne sommes que des locataires. Il nous faut donner, transmettre, léguer. Les villages prospères peuvent être détruits. Dans la fuite, on sauve l'essentiel, les vies. On transporte alors avec soi l'héritage précieux gravé dans la mémoire, nos croyances, notre histoire, notre culture. Ce que les anciens nous ont transmis, nul ne peut nous le voler. Que l'Esprit, au-dessus de tous les esprits, décide pour nous! Dans la boucle du temps, tout revient au point de départ. Ce trésor retrouvera sa place, si ainsi il doit en être. Voici l'ultime parole : La FORCE, au-dessus de toutes les forces, rayonne de bonté.»

Je passe la feuille de traduction à l'Agneau. J'examine l'original.

Je regarde l'inspecteur. Ses yeux sont petits et ironiques. Il doit découvrir sur mon visage les

effets dévastateurs d'une bombe. Je suis complètement assommé par ce que je viens de lire.
Je ne crois pas avoir tout compris. Cette histoire
de masque et de trésor ne m'éclaire pas beaucoup.

– Woaw! soupire l'Agneau, qui vient de terminer la lecture du message. Il ajoute :

– Je n'y pige que dalle! Où est le trésor?

– Devant toi, l'Agneau! répond le commissaire.

– Ce papier!

– C'est le trésor.

– Non! Un trésor, c'est bourré de richesses :
de l'or, des bijoux, des pierres précieuses, des
diamants, plein d'argent avec ça on peut acheter
le monde entier!

Je suis d'accord avec l'Agneau. On dirait
une grosse farce. Je commence à comprendre le
dépit et la rage du chef des bandits, l'incrédulité
de ses compagnons devant un bout de papier
jauni dans un étui en cuir!

– On aurait pu perdre la vie pour si peu!
dis-je.

L'inspecteur acquiesce de la tête. Cela me
rassure un peu. Parce que je me demande parfois si je ne suis pas en plein délire paludéen. Je
fais certainement de la fièvre. Quand je pense à
toutes les menaces, les filatures dont nous avons
été victimes, les heures d'insomnie, les questions, les soucis que nous avons eus, nous et
nos parents, pour échouer devant un vulgaire

bout de papier plein de paroles de catéchisme. C'est incroyable! Je n'arrive pas à gober cela.

– Il doit bien y avoir des richesses dissimulées près des masques, dans les recoins de la paroi en bois!

– Tout a été fouillé et inspecté, jeune homme. Le trésor est sous vos yeux!

Nous nous tenons debout, immobiles, silencieux.

– J'avoue qu'il faut beaucoup de maturité pour considérer cela comme un trésor. Nous-mêmes sommes restés sceptiques, je ne peux pas vous le cacher. Nous sommes devant une dimension complètement différente de celle de la richesse matérielle. Un jour, peut-être, considérerez-vous ces phrases comme précieuses. J'ai, personnellement, et c'est une confidence que je vous fais, de la difficulté à saisir toute la valeur de ces mots. Parfois, je me demande si ce n'est pas un immense canular, monté par un de nos anciens, non dépourvu d'humour, afin de nous révéler la futilité des possessions matérielles, ou un détournement d'attention pour nous éloigner du trésor matériel planqué ailleurs. Ce ne serait qu'un des systèmes de protection! C'est plus fort que des antivols électroniques, n'est-ce pas?

– Wouach! souffle l'Agneau.

C'est à peu près le stade de ma propre pensée actuellement.

– Voilà Messieurs, maintenant nous allons rédiger le rapport officiel. Avant votre retour pour la France, qui ne va pas tarder, il est possible que nous nous rencontrions encore une fois, pour des compléments d'information. Je vous remercie, ainsi que nos confrères de la police française, pour l'extraordinaire collaboration et, je dois le dire, les liens d'amitié que nous avons tissés entre collègues. Ce sera à l'avenir une plate-forme solide et utile pour nos relations et nos enquêtes. Si vous voulez bien me suivre.

Tout le monde se déplace vers une autre salle. On nous sert des jus de fruits frais et des biscuits. Les gens se parlent et nous sommes les seuls jeunes. Voyant notre solitude, l'inspecteur et Ahmed nous rejoignent.

– Eh bien quelle histoire, mes amis. Tout est bien qui finit bien, affirme Ahmed, soulagé.

– Félicitations, le Loup et l'Agneau, votre oncle serait fier de vous.

– Monsieur, comment avez-vous trouvé, avant les bandits, le lieu du prétendu trésor?

– Il y a un mot wolof que j'apprécie beaucoup et que vous n'aurez pas de mal à retenir : *xalamalaagaana*[1].

– Pardon?

– Le Loup, *xalamalaagaana* signifie devinette. Celle-ci est de taille! Pour répondre à ta question :

---

1. *Xalamalaagaana* : devinette

– Dans ton ceinturon, il y avait des numéros, les mêmes que ceux du pendentif et des trois masques! Ces numéros correspondaient à la longitude et à la latitude du lieu, c'est du moins ce que nous pensions au début. En fait, ce sont à peu près les coordonnées de la ville de Saint-Louis. Ceci n'est pas très précis. Si on observe le plan de Saint-Louis, vous constatez qu'il est en damier; ce plan ancien date du début de la colonisation. En reprenant les chiffres, comme sur une grille de mots croisés ou de bataille navale si vous préférez, on arrive, par la verticale et l'horizontale, à localiser l'ancienne maison Devès et Chaumet.

Nous avons découvert des chiffres plus petits, en dessous des coordonnées, des chiffres et des lettres, 4 N 1 E. Reprenons le damier : pourquoi pas la quatrième rue Nord? On suppose qu'à partir du centre, la place Faidherbe, ancienne place de la Savane, cela nous mène à l'actuelle rue Seydou Tall, et la première Est, au quai Roume; si on considère que le quai n'est pas une rue, cela serait la rue Blaise Diagne. Nous avons opté pour le quai Roume. Par la verticale et l'horizontale, on tombe pile : c'est l'ancienne maison Deves et Chaumet. Le rez-de-chaussée de ces vieilles demeures des négociants de Saint-Louis servait jadis à garder les marchandises qui arrivaient dans les pirogues accostant les quais. De la pirogue à l'entrepôt, le chemin ne pouvait être plus court. Nous envoyer dans ce lieu ajoutait du sérieux à la quête; ce n'était pas un canular, c'était du solide. Les sages et votre oncle se sont réellement amusés à déjouer les curieux. Ils ont multiplié les embûches, les routes, pour conduire les plus persévérants à une «leçon de morale»! On apprécie l'astuce, mais aussi le sens du jeu et l'humour de ces villageois amateurs de jeux de cartes, de dames et autres combats d'échiquier. Une fois que nous avons repéré le hangar de gomme arabique, cela a été facile. Nous avons accédé directement au coffre, dont la porte s'ouvre d'elle-même, sans combinaison. Nous avons décousu l'étui de cuir, photographié le texte et avons vite recousu l'amulette. Nous avons traduit le texte pour nos collègues français et vous.

– Allumette?

– Non, l'Agneau : amulette, gris-gris.

– Mais vous n'aviez pas les masques, la paroi n'a donc pas pu s'ouvrir sur le coffre?

– Il suffit de placer des morceaux de bois ayant la forme des masques, pour que le mécanisme en bois déclenche l'ouverture!

– Les masques étaient inutiles?

– Si on veut. Disons : pas vraiment indispensables, le Loup!

Les bras m'en tombent. Tout ce parcours, tout ce circuit labyrinthique, pour s'apercevoir que les masques tant convoités ne sont pas nécessaires et que le trésor s'avère plus que surprenant! Je suis abasourdi. Quant à l'Agneau, ses yeux ronds et sa bouche grande ouverte attestent son étonnement.

– Pourquoi notre oncle nous a-t-il donné les coordonnées de la cachette? demande l'Agneau.

– Il faudrait pouvoir poser la question à votre oncle. Qu'en pensez-vous, les gars?

– Encore une énigme, jusqu'à la fin, même après la découverte de cet extraordinaire trésor! ironise l'Agneau.

Je suis perplexe. Je réfléchis tandis que les autres bavardent. Maintenant je crois comprendre : El Nan nous a donné la direction de l'aventure, de l'Afrique, et surtout de sa famille. Finalement, c'est cela le trésor et nous l'avons trouvé. Il nous a tous réunis, comme il le souhaitait sûrement, puisqu' il nous a mis sur cette piste en inscrivant les coordonnées dans ses ultimes cadeaux, alors qu'il se savait très malade.

L'Agneau y va de son habituel refrain :

– *Il y avait une drôle de maison*
Pirouette cacahuète
Dans cette drôle de maison
Pirouette cacahuète
On trouva une cachette
Pirouette cacahuète
Et dans la cachette
Pirouette cacahuète
Une amulette!
Pirouette cacahuète!

– Mon petit frère est inspiré. Quand je vais raconter cette histoire, personne ne nous croira! Roseline encore moins que les autres.

– Justement, c'est ce que nous allons faire dès maintenant : on y va, les gars!

Nous suivons l'inspecteur et nous repartons vers les copains, qui vont nous scalper lorsqu'ils entendront notre récit. Je ris dans ma barbe que je n'ai pas. Décidément, je crois que je délire. Attention, le Loup, attention! Tout est trop beau pour être vrai, et la vérité est invraisemblable. J'ai peur de l'effet boomerang; une bonne nouvelle peut en cacher une mauvaise, comme un train peut en cacher un autre. Quel vice, tout de même! Si un train en cache un autre, que nous réserve le destin? L'Agneau reprend son succès :

– *Pirouette cacahuète*

On s'est cassé le bout du nez!

– Monsieur, comment dit-on encore devinette en wolof?

– Salade de maniaque, me répond l'Agneau.

– C'est pourtant simple : *xalamalaagaana,* rectifie en souriant l'inspecteur.

Chapitre trente

Saint-Louis en toute liberté

En compagnie de l'inspecteur et d'Ahmed, qui conduit, nous traversons le fleuve. Nous roulons en direction de Sor, de l'école où notre équipe est hébergée. Notre arrivée ne dérange personne. Certains jouent au ballon dans la cour, d'autres aux cartes, d'autres regardent un film à la télé, quelques-uns lisent des revues ou des livres. Nous nous dirigeons vers le salon. J'aperçois Étienne.

– Les gars! Mais où étiez-vous?

On s'assied, quelques copains et copines nous entourent. Nous commençons à débiter notre histoire.

Nous sommes constamment interrompus par des questions, des détails sur les événements et qui a fait quoi et comment. Maintenant, l'équipe au complet est autour de nous. L'Agneau et moi, on se sent intimidés, d'autant plus que nous ne sommes pas des orateurs.

– On ne savait pas tout ça!

– On se doutait que vous aviez des problèmes ou des ennuis.

– Étienne nous avait donné quelques indications, l'inspecteur et l'entraîneur nous avaient recommandé de vous foutre la paix. Impossible de deviner que vous étiez dans la panade!

– Moi, j'aurais eu vachement la trouille, je n'aurais pas pu dormir, la nuit.

– C'est quand même bizarre, cette histoire de masques. Le sage s'est moqué de tout le monde. J'aurais bien voulu voir la tronche des bandits!

Cette réflexion entraîne l'hilarité générale.

– Dire que ces mecs vous ont tout le temps talonnés, épiés, espionnés, et que nous on n'a rien vu!.

– Si, moi j'ai remarqué que des gens bizarres tournaient autour de nous.

– T'aurais pu nous avertir.

– Ben, je me suis dit que c'était des surveillants.

– Des surveillants, et ta sœur, elle me surveille, elle?

– Je ne comprends pas comment les bandits ont trouvé la maison où se cachait le trésor.

– Il vient de te l'expliquer, avec les numéros qui étaient inscrits dans le papier du ceinturon.

– On ne pouvait pas faire plus compliqué!

– N'oublie pas qu'il s'agit d'un trésor.

– Un trésor ça? Rien que du papier et des mots! de la littérature! du vent!

Ce jeu de questions et de réponses, de la part de l'équipe, nous permet de respirer un peu. L'inspecteur et Ahmed nous regardent d'un air amusé. Parfois, l'inspecteur intervient pour préciser quelques détails. À la fin, il ajoute :

– On me confirme, à l'instant, que mes collègues de Paris viennent de coffrer l'antenne en France. Maintenant que l'affaire est terminée, nous allons pouvoir visiter Saint-Louis en liberté. On vous demande, durant la balade que nous effectuerons à pied, de me suivre, de respecter les gens que vous allez croiser et de vous montrer dignes du pays que vous représentez. N'oubliez pas : tout voyageur est un ambassadeur. Rendez-vous dans dix minutes près de l'autocar. Apportez vos casquettes et vos bouteilles d'eau, vous devez vous présenter en uniforme de l'équipe, car aussitôt arrivés à la place Faidherbe, nous allons remettre le trophée-masque à l'équipe gagnante.

Effectivement, nous voici au cœur de la place. Roseline est venue avec nous, ainsi que sa mère. Des journalistes sont présents, la *Radio-Télévision Sénégalaise*, et des badauds. Nous portons nos uniformes de footballeurs. La cérémonie est sobre. Le maire de Saint-Louis nous félicite, parle de sport et d'amitié et nous annonce ceci : « Le masque ira rejoindre les autres sur la fresque, on ne peut dissocier des éléments aussi esthétiques d'une œuvre qui puise ses racines dans le patrimoine culturel africain. Dorénavant,

pour les futures rencontres, un masque similaire sera offert à l'équipe gagnante. Le hangar
deviendra une salle-musée, en raison de la beauté
de la fresque et en hommage à toutes les femmes
qui ont travaillé à préparer la gomme arabique.»

Henri 1er se lance, il explique que Roseline
est la personne idéale pour remettre symboliquement le masque au capitaine de Saint-Louis.
Roseline tend le masque, la foule applaudit,
Étienne est hypnotisé par notre nièce, qui agit
comme une vedette. Les regards se braquent
sur elle, qui fond.

Elle s'avance vers la petite foule et déclare :

– Au nom de mes parents, de mon père,
qui nous voit, je vous confie ce gage d'amitié et
de paix. Soyez heureux!

Ce sont des mots ordinaires, mais prononcés
avec tant de cœur, que je pleure, et je ne suis pas
le seul : tantine, l'Agneau, Étienne et d'autres.

Soulagé, l'inspecteur soupire un grand coup.

La visite de Saint-Louis, je peux dire que je
l'ai beaucoup appréciée. J'ai découvert la ville
avec une pointe de nostalgie. Demain, nous partirons. Demain, nous quitterons Roseline et notre
tante. Ce soir, ce sera notre dernier repas ensemble. J'aimerais rester ici plus longtemps, apprendre à connaître notre famille saint-louisienne,
marcher dans ces rues sans avoir l'équipe autour de nous. Ce n'est pas que je ne l'aime pas,
au contraire, ce sont des copains extraordinaires,
surtout après les événements que nous avons

vécus, mais un peu de solitude ne ferait pas de tort.

Que cette ville est belle! Étonnante, déroutante cité, des couleurs pastel, ocre, chocolatées, des murs qui s'écaillent, des plantes folles qui survivent par-ci par-là, des arbres qui ont trouvé une niche pour traverser les siècles; des volets vétustes, des demeures restaurées, d'autres en lambeaux, mais qui maintiennent un air de noblesse. Et cette cathédrale, solide, douce, qui a vu tant de gens prier, célébrer, se marier, pleurer, monument témoin de l'Histoire, je la visite avec émotion en pensant que mon oncle est peut-être venu ici.

Il y a de vieilles institutions religieuses des Sœurs de Saint-Joseph de Cluny, des Frères de Ploërmel, aux noms si français, la mosquée, les anciennes casernes, le musée, et ce fleuve qui embrasse la ville, le géant venu de loin pour s'offrir à la mer, à la furie océane. J'ai l'âme à la poésie. Je note cela dans mon calepin, à Paris; lorsque j'écrirai cette histoire, je relirai ces mots en pensant à notre famille africaine, à l'océan fougueux, aux téméraires pêcheurs de Guet N'dar, chevaliers des vagues. Ces hommes, ces enfants sont des héros, quotidiennement des champions olympiques. Corps athlétiques, peau luisante d'écume, ils franchissent la barre, les muscles saillants, les bras tirant à eux la longue rame. Étienne nous guide dans cette cité qu'il aime autant que Paris. Je frémis lorsqu'il nous parle des requins qui menacent les pêcheurs, lorsqu'il nous décrit la vie difficile, les maladies, les feux qui dévorent les cases, les difficultés à payer le pain, le riz, le lait. Je ne me sens pas comme un touriste, mais comme quelqu'un d'ici. Sentiment étrange, il me faut presque faire un effort pour me dire que telle personne est Noire, Blanche ou Métisse. Je me fonds dans cette vieille ville qui me charme et m'envoûte. Il me semble, aux balcons, voir les enfants de la colonie de jadis admirant les longues pirogues qui toujours vont et viennent sur les eaux immenses du grand fleuve. La nostalgie n'est pas de mon âge, diront certains, mais je n'écris pas pour eux, j'écris pour moi, pour les amis d'ailleurs; à quel âge a-t-on droit à la nostalgie? Cela me choque. C'est comme ces gens qui prétendent que les enfants n'éprouvent pas de grandes douleurs! Suis-je jeune, suis-je vieux? Qu'importe, je suis le Loup, en voyage, toujours, et sans âge.

Bientôt, nous allons retourner à Dakar, puis Paris. La mélancolie pèse sur moi. Je ne sais presque rien de ce pays, j'aimerais le connaître davantage. Nous passons trop vite dans des lieux trop riches d'histoire et de culture. Finalement, je me rends compte que nous avons eu beaucoup de chance d'être pris par la magie des masques trouvés à Maisons-Alfort. Ils nous ont conduits jusqu'ici.

Soirée touchante en compagnie de Roseline et de notre tante. Nous nous promettons de nous revoir. Ici ou en France aux prochains congés scolaires. Une équipe de Saint-Louis, ainsi qu'une de Dakar, sont invitées à participer à des rencontres en France. Nous allons devoir travailler très fort pour rassembler l'argent des voyages, surtout nous, du côté français, car ici les ressources sont limitées et les priorités ailleurs. Mais des liens intenses viennent de se tisser et nous les jeunes, avec l'encadrement de nos entraîneurs, sommes capables de relever de tels défis. La perspective de retrouvailles n'estompe pas notre tristesse. Les larmes aux yeux, l'Agneau et moi, embrassons une dernière fois Roseline et sa mère, avant de monter dans l'autocar qui nous conduit à Dakar. Étienne pleure aussi, non seulement parce qu'il quitte de la famille, mais parce que Roseline habite son cœur.

Sur la route de Sor, penchés à la fenêtre, nous saluons le plus longtemps possible les silhouettes de Roseline, de tantine et des joueurs venus nous dire aurevoir. Je vois, dans le dernier virage, Roseline agitant un foulard blanc. L'autocar soulève la poussière. Dans quelques instants, Roseline et sa mère retrouveront leur petit appartement et, comme moi en ce moment, se plieront sur leur chagrin en repensant à tous nos souvenirs et en espérant de rapides retrouvailles.

– Le Loup, pourquoi les savants parlaient de trois masques, d'un tricycle, alors qu'il y avait quatre, masques!

– Triptyque, l'Agneau, triptyque : un masque majeur en haut, trois en bas en triptyque, tu piges?

– Un triptyque de quatre, en somme. Passe encore, mais un trésor, je maintiens que c'est de l'or, pas des mots!

– Tes bons souvenirs, ton voyage, Roseline, tantine, voilà notre richesse! Les masques nous ont ouvert les portes d'un trésor!

– Tu ne ferais pas un peu de fièvre, le Loup?

C'est possible, je pense que je vais bien dormir ce soir. Je me sens l'âme en paix!

Chapitre trente et un

Dakar-Paris

Il y a des palmiers, des eucalyptus, il y a mon chagrin, ma joie. Ça sent les braseros, la fumée de palmes qui brûlent au fond d'un jardin, le charbon de bois, le suint des chèvres et des moutons. Des coqs hardis courent après des poules effarouchées. Nous quittons la brise marine, la moiteur du fleuve, la poussière de la banlieue, l'air salin des marécages, qui se mêlent au bruit des pilons, aux battements sourds des radios, aux coups de marteau des forgerons, aux chants des enfants, sonnettes de bicyclettes, clochettes de calèches, sifflets d'*alkaati*[1], psalmodies des fidèles, vols des charognards, roucoulements des tourterelles, pépiements des passereaux colorés. Cœur en berne, cœur violon, je tangue entre la tristesse de quitter si vite ma cousine et ma tante et le bonheur de retrouver, dans quelques jours, nos parents.

_____

1. *Alkaati* : agent de police

La route, l'interminable route, se déroule sous le soleil infernal. Les animaux broutent des épineux coriaces. Des chiens faméliques, aux plaies envahies de mouches, cherchent de l'ombre et de l'eau. Frères loups d'Afrique, pour vous aussi la vie est dure. Je ferme les yeux. Repassent dans mon esprit, des masques, encore des masques qui rient, menacent, se déforment, se plaquent sur des murs fuyants. Le vent chaud fait claquer les rideaux de la petite fenêtre. Ce vent nous apporte la chaleur et les bruits de la brousse que nous traversons. Dans quelques heures, nous serons dans la capitale. Dakar la grande, la grouillante, la riche, la pauvre, la ville nous reprendra dans sa toile immense et, pour la dernière journée, dans son tourbillon, de bruits et de poussière, estompera la peine de départ.

Assoupis sur nos sièges, nous entrons dans la presqu'île du Cap-Vert. La lumière se bleute de brises océanes. Une fébrilité, une excitation, un énervement même animent la ville. Les tuyaux d'échappement, la conduite sportive, l'air flambant des jeunes, la démarche assurée des passants sérieux, l'élégance et la maternité protectrice des femmes portant dans leur boubou les bébés endormis, je note tout. *Samaras*[2] traînantes, les marchands de souvenirs cirés et astiqués, les bras couverts d'objets

---

2. *Samara* : sandale

en cuir et en bois, de tissus, toiles, bracelets, lunettes de soleil, foulards, chapeaux, chemisettes bariolées, les yeux rouges de *kola*[3], implorent votre argent, qui garantira la subsistance de la nombreuse famille, tout en vous apportant honneur, paix et prospérité.

Une dernière fois, Dakar nous envoûte Nous admirons, de l'extérieur, la Grande Mosquée, et la cathédrale. La foule, les échoppes des marchés, nous immergent dans la vie dakaroise. Palabres, discussions, interminables échanges, sympathiques poignées de main, nous concluons de fructueux achats, acquérant des souvenirs pour la famille et pour nous-mêmes. Maman appréciera-t-elle le collier de boules de bois peintes que l'Agneau vient d'acheter? Papa se servira-t-il de la casquette en pagne que je lui destine? Sur quels murs de notre appartement s'accrocheront les petits tableaux naïfs que nous avons marchandés? Statuettes, pirogues, calebasses orneront quels meubles déjà encombrés de notre domicile?

Après une petite balade en mer, nous voici face à l'Hostellerie du Chevalier de Boufflers, dans l'île de Gorée. On nous a expliqué la sinistre histoire vécue dans cette île, comme dans d'autres ports d'Afrique. C'est avec respect pour la mémoire de nos sœurs et frères esclaves, en souvenir

---

3. *Kola, ou cola* : noix du kolatier

des atroces souffrances, que nous longeons ces
rues, que nous pénétrons dans la Maison des
Esclaves. Comment, dans un paysage aussi beau,
tant de drames, de déchirements de famille,
d'arrachements à la terre natale, de maladies,
d'humiliations, de tortures, ont pu se dérouler?
D'ici, celles et ceux qui avaient survécu aux
atroces voyages dans les contrées africaines
étaient, comme des marchandises, condamnés
à l'exil, aux travaux à perpétuité, eux et leur
descendance. Comme pour les horreurs per-
pétrées de nos jours, dans l'impunité et l'indifférence, on cherche les coupables et la nature
humaine nous désole. Je suis trop jeune pour
comprendre l'origine de ces maux, mais je sais
que le scandale de l'esclavage, d'une manière
peut-être différente, se poursuit dans le monde
actuel. Pourquoi ici tous ces malades du sida,
qui implorent médicaments et soins? Pourquoi
ces gens pauvres, affamés? Pourquoi ces bidon-
villes? Pourquoi même chez nous, cette misère à
Paris? Mon texte est moralisateur, mais je foule
les lieux de l'ignominie, j'ai un impérieux besoin
de crier! Ce voyage me confirme dans ma volonté
de poursuivre mes études, afin de mieux comprendre ce monde dans lequel tant de gens
essaient de survivre. Ici, nous nous apitoyons
sur le passé, alors que le présent est encore
douloureux pour beaucoup de gens. Sur ces
flots, entassés dans des cales pourries, minuscules, des humains épuisés furent obligés de

traverser l'océan pour se briser l'échine au nom
du fric. En ce moment, combien d'enfants, de
femmes, d'hommes, dans le monde, luttent pour
un peu de pain, d'eau potable, de dignité? Je
note ces réflexions qui ne sont peut-être pas de
mon âge, mais existe-t-il un âge pour la com-
passion? Trop souvent, les grands commettent
des bêtises que l'on reprocherait sévèrement à
des jeunes. L'esclavage, quelle stupidité! C'est
facile à dire, cependant qu'aurais-je fait à cette
époque, jeune ou adulte? De nos jours, cela
paraît aberrant, mais tant de faits sont tout
aussi cruels actuellement et les dénonce-t-on
vraiment? Oui, décidément, Gorée me lance des
défis et me secoue. Étrange voyage, qui me conduit d'une aventure à une autre, celle des inter-
rogations! Je crois que je vieillis.

Près du jardin public, des jeunes jouent du
tam-tam. Des filles et des garçons, la chaîne
stéréo bien branchée, dansent et discutent en
riant. Nous nous joignons à eux, les rythmes
nous secouent, il y a de l'euphorie dans l'air, j'en
oublie mes réflexions. Ici ça balance et ça danse,
les jeunes de Gorée chantent la vie et nous aussi!

Retour en bateau à Dakar qui, après Gorée,
nous ramène dans un autre monde, un autre
siècle, parmi d'autres vies : magasins, foules,
voitures. L'Afrique bouge et j'en capte quelques
ondes. Le temps s'écoule vite.

Dakar et ses plages, ses rochers festonnés
de vagues d'azur, ses palmes que le vent lisse,

ses corniches audacieuses : de tout cela je me souviendrai.

Ce soir, la chaleur est, plus que jamais, suave. Nous roulons vers l'aéroport Léopold Sédar Senghor. La nuit africaine, serais-je capable d'en dire la douceur magique, les bruits énigmatiques? Même ici, près des pistes, elle vous prend, vous enveloppe de ses senteurs, parfums, souffles mystérieux. Aucune nuit de Paris ne captive autant. Peut-être l'air du Midi a-t-il parfois ses voluptés. Il nous faudra revenir, déjà nous partons.

J'ai entrevu le gros avion sur la piste, parmi d'autres qui s'envoleront vers New York, Abidjan, Le Cap, Casablanca, ou ailleurs! Je ne suis qu'un pion, un petit bonhomme sur la planète, un petit Loup en Afrique!

C'est le temps des adieux à Ahmed et aux joueurs de Dakar qui ont tenu à nous accompagner.

– Vous êtes de drôles de gars, vous deux! C'était bien sympathique de travailler avec vous.

Pour un peu, Ahmed serait triste.

– Vous nous avez impressionnés avec votre ordinateur et votre enquête. Et les bandits, qu'est-ce qui va leur arriver?

– Pour l'instant, ils sont au repos, ils ont le temps de méditer sur leur aventure, puis ils seront jugés.

– Nous aussi, nous allons cogiter longtemps; on ne pensait jamais que des masques nous conduiraient si loin!

– Au revoir, les enfants!

– Au revoir, Monsieur, et merci!

À peine avons-nous quitté Ahmed, que l'Agneau ne peut s'empêcher de ronchonner :

– Tout de même, on n'est plus des enfants!

Nous voici dans l'avion. Étienne est assis à côté de nous, il est triste. Nous survolons Dakar, aux lumières vibrantes dans la nuit. L'océan brille sous la lune, on se croirait dans une affiche de *Latécoère*. Je ne peux m'empêcher de penser à *Vol de nuit*, le beau livre de Saint-Exupéry, à Mermoz, à l'Afrique que nous n'avons qu'entrevue.

Dans quelques heures, nous aurons la joie de revoir nos parents. Je finis par m'endormir, tandis que l'Agneau, inusable, est capable d'absorber un film américain.

Le soleil pointe dans l'angle droit du hublot. Mon petit frère dort, les écouteurs dans les oreilles et l'écran allumé. Les nuages moutonnent à l'infini; du rose, du gris bleuté, de l'or rouge, des montagnes cotonneuses, des océans de vapeur recouvrent les régions que nous survolons. Étienne a retrouvé son sourire.

– Et pis, les gars, le Sénégal? nous demande Étienne.

– C'était chouette, que je lui réponds avec nostalgie. L'Agneau ajoute :

– Oui, chouette
Pirouette cacahuète
Il était un bon tonton

Pirouette cacahuète
Il était un bon tonton
Qui avait une drôle de maison
Qui avait une drôle de maison
Sa maison est à Maisons
Pirouette cacahuète
Sa maison est à Maisons
Son grenier est encombré
Son grenier est encombré
Si vous voulez y monter
Pirouette cacahuète
Si vous voulez y monter
Vous vous ferez piéger
Vous vous ferez piéger
Le Loup y est monté
Pirouette cacahuète
Le Loup y est monté
Il s'est fait coincer
Il s'est fait coincer
On lui a reproché
Pirouette cacahuète
On lui a reproché
On lui a pardonné
Et il s'est envolé
Pirouette cacahuète
En Afrique il a trouvé
Pirouette cacahuète
Un trésor et sa cachette
Que des phrases secrètes
Pirouette cacahuète
Le Loup est rentré

Un avion à réaction
Pirouette cacahuète
Un avion à réaction
Nous l'a ramené
Son histoire est terminée
Pirouette cacahuète
Son histoire est terminée
Moi, l'Agneau je l'aie composée
Mesdames, Messieurs applaudissez
Mesdames, Messieurs applaudissez

Nous sommes aimables, nous félicitons l'Agneau, en espérant qu'il interrompe sa ritournelle. Satisfait, il s'endort sur son refrain. J'observe mon petit frère, Dieu merci, tout s'est bien passé. Mission accomplie pour moi aussi.

– Mesdames et Messieurs, nous vous prions de regagner vos places et d'attacher vos ceintures. Dans quelques minutes, nous allons entreprendre notre descente vers Paris-Charles-de-Gaulle. Nous vous rappelons de respecter les consignes lumineuses au-dessus de vous. La température à Paris est de seize degrés, sous un ciel couvert.

Nous nous regardons, surpris par la fraîcheur qui nous attend. Déjà qu'il ne fait pas chaud dans l'avion, et que cette nuit, pour la première fois depuis longtemps, j'ai utilisé une couverture. En entrant dans cet avion, je trouvais agréable d'avoir froid; maintenant, je constate que je me suis assez rapidement acclimaté à la température sénégalaise. Et ces nuages qu'on prévoit me dépriment un peu. Je repense à ce que nous avons vécu en si peu de jours. Je revois notre tante et notre cousine nous disant adieu. Comme la vie est parfois difficile! Les personnes âgées pensent souvent que, nous, les jeunes, sommes égoïstes et insensibles à bien des situations. Si ces personnes savaient lire sur nos visages ou dans nos cœurs, elles verraient que nous ne sommes pas tellement différents les uns des autres : la souffrance, la douleur, la joie n'ont pas d'âge. En ce moment, je suis excité à l'idée de retrouver nos parents et triste d'avoir quitté notre parenté saint-louisienne et l'atmosphère si unique qui nous entourait.

Là-bas, ces deux mots sont lourds, ils expriment l'immensité de la distance. Nous reviendrons à Saint-Louis, j'en suis sûr. Nous fabriquerons de nouveaux souvenirs, en compagnie de Roseline et de notre tante. J'ai hâte qu'elles viennent habiter quelque temps à Maisons-Alfort, dans leur maison, qu'elles n'ont jamais vue! Nous leur ferons visiter Paris. J'ai déjà la tête qui fourmille de projets.

En avant vers la porte de l'avion, on marche dans les allées, nous admirons l'espace dont bénéficient les passagers de première classe. Je ne les envie pas, nous avions suffisamment de place. Mais je suis surpris par le désordre que certains laissent derrière eux : papiers, journaux, verres, couvertures jonchent le tapis. Mes pensées vont ailleurs, l'hôtesse de l'air nous dit un au revoir aimable.

Voler si vite pour attendre si longtemps devant des carrousels qui débitent toujours les mêmes valises éventrées, dont personne ne veut. Puis voici une avalanche de bagages. Les sacs à dos de notre équipe sont facilement reconnaissables. Couleurs vives, nounours, fétiches, rubans, on ne peut pas se tromper.

– Salut, les enfants!

Embrassades, on s'examine comme si cela faisait des siècles que l'on ne s'était pas vus.

– Avez-vous fait un beau voyage?

– Spécial! dis-je.

– On en connaît les grandes lignes, votre instructeur nous a envoyé des courriels.

Tout le monde sourit, puis ce sont les au revoir à l'équipe. Tapes dans le dos, blagues et rigolades.

– Vos enfants sont de vrais champions, à tous points de vue. Je souhaite que les deux fassent partie de notre équipe de football, comme joueurs permanents. Nous en reparlerons. Je vous laisse y réfléchir, en famille. Cela implique évidemment des entraînements, parfois le soir, c'est assez exigeant. Enfin, vous savez de quoi nous parlons, vous nous avez déjà vus certainement courir le long des bords de la Marne, sur l'avenue Foch. À bientôt. Je vous contacte pour le suivi de l'affaire des masques!

Et l'inspecteur s'en va en compagnie de ses jumeaux.

Nous saluons les copines qui font sensation avec leurs boubous et leurs foulards. Marie-Hélène a droit à un beau bisou de ma part, elle a dirigé ses joueuses avec brio et j'ai apprécié sa présence rassurante et je le lui dis! Elle en rougirait presque!

Étienne et sa famille veulent absolument que l'on se revoie, nous aussi.

Nous voici de nouveau dans notre appartement, que je trouve nettement plus grand que celui de Roseline, mais qui me surprend tout de même : je le pensais plus vaste.

Nous posons nos affaires, déballons nos sacs. Papa et maman sont heureux des cadeaux que nous avons achetés, et qui ne correspondent peut-être pas à leur goût ni au style de l'appartement. Comme on dit : c'est l'intention qui compte.

– Et si nous allions à la maison d'El Nan, je suis sûr qu'elle a besoin d'être aérée, et peut-être que nous aussi!

Je trouve l'idée de maman géniale, c'est de là que tout est parti. Maintenant, cette maison, c'est un peu mon Afrique à moi!

La maison de notre oncle est là, immuable. Elle n'a pas changé alors qu'il me semble que nous l'avons quittée depuis longtemps et que nous sommes devenus différents. Dès l'entrée du jardin, la chatte nous accueille. Elle est accompagnée de deux chatons guillerets.

La voisine sort aussitôt de chez elle et nous explique que la chatte a adopté la maison.

– Je lui donne à manger, à la minette, elle est si douce. Et les petits, regardez comme ils sont mignons!

L'Agneau joue avec les chatons.

Ma mère est soucieuse.

– Que va-t-on faire d'eux? On ne peut pas les laisser comme ça en permanence. Il faut trouver une solution.

– Pour l'instant, ils ont l'abri au fond de la cour, et c'est un plaisir de les nourrir. Comme la maison n'est pas habitée, ça crée de la vie autour!

– Chéri, que penses-tu d'une chatière, donnant dans le garage, pour l'hiver et les temps froids? Au moins ils seraient au chaud.

Tout le monde approuve la suggestion de maman, sauf le paternel qui va se farcir le bricolage!

– On en reparlera, soupire-t-il.

– Au fait, beau voyage, les enfants?

La voisine n'attend pas la réponse, elle ajoute : il n'y a plus de rôdeurs, je ne sais pas comment vous avez fait, mais enfin nous avons la paix!

C'est vrai, la paix, est-ce que je l'ai vraiment? Non! Trop de questions me préoccupent.

– Papa, dis-nous la vérité.

– Le Loup, elles ne te suffisent pas les explications de l'inspecteur?

– Non.

– Pourquoi?

– Tu ne nous as jamais vraiment parlé de ton frère. Pourquoi étiez-vous fâchés aussi longtemps?

– Allons dans le salon.

On s'assied. Papa respire progondément.

La brise berce les palmiers du jardin. Papa est tendu, maman crispée.

L'Agneau et moi sommes attentifs, papa parle.

Chapitre trente-deux

Confession

– Votre oncle est né au Congo belge. Ce
pays s'est appelé ensuite Zaïre, et aujourd'hui il
se nomme République démocratique du Congo.
Votre oncle n'est pas votre oncle biologique. Ses
parents habitaient à l'époque la province du
Katanga. Il y eut des troubles, au point qu'en
1960, le premier ministre Lumumba fut arrêté, et
assassiné en 1961. Votre oncle était le seul enfant
d'une famille de Belges établis au Congo, alors
colonie du Royaume de Belgique. Durant ces
années, il fut témoin de graves désordres, mais
une nuit... des malfaiteurs se sont introduits
dans la propriété de ses parents. Son père et sa
mère furent tués. Je passe sur les détails et sur
les horreurs. Ignobles. Évidemment, personne
n'a rien vu ni entendu. Si en Afrique on sait
tout, parfois on tait tout! Peur des représailles,
pressions diverses. Par miracle, votre oncle, cette
nuit-là, dormait chez des amis. À son retour à la
maison, lui et ses amis ont découvert les cadavres
de ses parents. Encore une fois, je vous évite les

scènes macabres. Cette nuit-là, tout a basculé
pour votre oncle. Les gens chez qui dormait El
Nan étaient très liés à mes parents. Vingt-quatre
heures plus tard, El Nan arrivait chez nous,
dans cette maison que votre oncle nomma plus
tard Les Almadies. Votre oncle est tout de suite
devenu mon ami, mon jeune frère. Il avait à
l'époque dix ans. Mes parents décidèrent de
l'adopter. Ce fut pour moi une joie immense et
pour lui un réconfort. Il ne connaissait pratique-
ment pas la France, peu la Belgique, où il n'avait
plus de famille et, à part nous et les collègues de
ses parents, il se retrouvait seul au monde. Je
ne vous ai pas parlé de cette histoire auparavant, cela remue trop de peine. Les confidences
de votre oncle me bouleversent encore. Il avait
toujours gardé une douleur immense et une
nostalgie de l'Afrique, en particulier de sa terre
natale, le Katanga. Il m'en parlait souvent, pour
lui c'était son pays. Ses parents, sa maison natale, étaient constamment présents à son esprit.
J'en ai les larmes aux yeux. Pardon. Il me mon-
trait des photos de leur villa, là-bas, de ses parents, heureux, et lui tout souriant à leurs cotés.
Un chien joyeux les regardait avec affection. Les
parents ont été massacrés, le chien, qui avait
donné l'alerte, a été tué sur-le-champ, la maison
pillée. Attendez, il faut que je m'arrête un instant... Il me les a souvent montrées, ses photos...
bon, je vais essayer de continuer. On a appris
plus tard que les criminels, cherchaient les relevés

géologiques indiquant les « pipes de kimberlites », si vous préférez, les gisements de diamants. Ils pensaient aussi trouver des diamants dans la maison. Est-ce qu'ils ont essayé de soutirer ces renseignements à ses parents? Cela est très vraisemblable, vu la tuerie. Son père, ingénieur-géologue, ne rapportait aucun diamant à la maison, tout était gardé dans les coffres de la compagnie, qui d'ailleurs furent pillés quelques jours plus tard. Dans la maison, il y avait des échantillons de roche, rien de valeur, et des documents géologiques appartenant à la société minière. Ces documents ont été volés. Les coupables ne furent jamais identifiés. Vraiment, c'est très éprouvant de remuer ce passé. Nostalgie de l'enfance, amour de l'Afrique, certainement votre oncle, vrai Africain, a tout fait pour reprendre le flambeau de ses parents. Il a entrepris de brillantes études en géologie à Paris. Mes parents ont financé sa scolarité c'était pour eux un fils, exactement comme moi. Pour moi, c'était mon frère. Pardonnez-moi encore, j'ai besoin d'une pause.

« Que c'est dur! Bon, je poursuis. Il souhaitait plus que tout retourner en Afrique, enquêter sur la mort de ses parents, savoir, comprendre, et il a compris. Il m'a tout raconté. Ce n'est pas beau. Les diamants hypnotisent les chercheurs, les misérables creuseurs qui s'épuisent dans les rivières, qui remuent des tonnes d'alluvions, de gravier, de cailloux, les multiples intermédiaires, les vendeurs et les revendeurs, et toute la chaîne qui conduit jusqu'au tailleur, à l'artiste qui donne sa valeur à ce bijou fascinant, aux acheteurs qui voient la pureté, l'éternité dans les feux des diamants. Le long de ce parcours, nombreux sont les êtres qui souffrent et meurent. Car c'est une vraie chaîne, qui vous agrippe. Petits ou gros, les diamants enflamment les convoitises. Des prédateurs guettent ces trésors qui échappent aux plus démunis, ceux qui pourtant les ont si péniblement extraits d'une rivière, d'un puits, d'une mine. Ces bijoux peuvent aussi devenir des diamants de la guerre, ils servent à acheter des armes. Les parents de votre oncle ont payé de leur vie cette folie des hommes. Enfant, par miracle, votre oncle a échappé au destin tragique de ses parents.

« Un jour, je ne vous dirai pas dans quelle région de quel pays, votre oncle fit une découverte qui allait changer le cours de sa vie. Il trouva ce que tout prospecteur cherche et n'ose même pas rêver d'atteindre : un fabuleux gisement de diamants, une immense fortune! Votre oncle n'avait qu'à acheter les droits miniers et devenir richissime. La bande diamantifère était située à proximité d'un petit village. Votre oncle m'a confié que sa première pensée alla à ses parents, puis aux villageois. Il s'est retiré sur une hauteur. Le village paisible s'étendait à ses pieds dans l'air vaporeux. Les arbres, les cases, les oiseaux, tout était en paix. Je me souviens de

ses phrases exactes. Un torrent dévalait près de
lui, l'eau chantait en bondissant. Il vit l'avenir
du village. Des hommes, venus d'ailleurs, suivaient d'énormes machines qui ouvraient des
routes, écrasant les arbres, canalisant le torrent, dérivant ses eaux vers la mine. Des mesures
s'alignaient le long de la nouvelle route, de lourds
camions soulevaient la poussière, des gens armés
surveillaient des travailleurs ruisselants de sueur
et de peur. Il ferma les yeux. "Je pleurais", me
confia-t-il, et il poursuivit : « Quand je suis arrivé
au village, le chef m'a ouvert la porte de sa case.
Deux fils d'Afrique se comprennent vite ou jamais.
Nous avons aussitot fraternisé, nous étions de
la même race, celle des humains. Lui savait que
je savais! Nous parlâmes toute la nuit. Des sages
nous rejoignirent. Une aube radieuse nous ac-
cueillit. Tout était dit. Je venais de gagner une
fortune immense : la communion, la paix. Ce
village, nous allions le protéger.

    « Où et quand votre oncle fut-il espionné? Il
ne le sut jamais. Certainement pas au village
même, car à l'heure actuelle, il serait envahi;
sur le chemin de son retour vers Saint-Louis
peut-être, lorsqu'il revint avec les masques. Un
collègue a surement eu accès à certains dossiers
de votre oncle. Où, quand, énigme? Votre oncle
a réellement été empoisonné. Les médecins sont
formels. Des gens ont essayé de le faire délirer,
afin de lui extirper ses connaissances, son secret.
Les masques ne sont pas sénégalais, c'est facile

à voir pour une personne un peu experte. Ce sont des masques de cérémonie, des masques uniques, guinéens. Que votre oncle eût dans son sillage des parasites véreux, des malfrats suivant sa trace, afin de récolter son savoir, profiter de son expertise, c'est évident. Il manquait aux malfaiteurs, le lieu exact, l'endroit précis du gisement, les clés du trésor; et ils pensaient les trouver dans les documents de votre oncle à Sor ou à Paris, sur les masques, dans les statues ou ailleurs.

    – Cela veut dire qu'il y a vraiment un trésor, des diamants?

    – Bien sûr, beaucoup. Trop même!

    – Où?

    – Les sages du village le savent.

    – Quel village?

    – Le Loup, personne ne dévoilera le secret, même contre des fortunes.

    – Pourquoi?

    – Parce que ce village serait détruit. Ton oncle et le chef du village, le conseil des aînés, le cercle des sages ont épargné la guerre et la ruine à leur village, leur région. Il fallait une grande lucidité à ces personnes pour ne pas être leurrées par le miroitement de la prospérité. Leur exceptionnelle sagesse venait de la connaissance, acquise par certains d'entre eux, de ce qui s'était passé ailleurs et de l'expérience de votre oncle, de sa souffrance, de celle de ses parents tués à cause des diamants et de son amour pour la

terre africaine. Bien sûr que la peau de votre
oncle était blanche, pour lui cela n'avait aucune
importance, il était d'abord Africain. Bon, pour
que la nouvelle de la découverte ne s'ébruite
pas, vous avez vu ce stratagème compliqué, des
masques placés dans deux lieux différents, des
masques qui s'emboîtent, qui doivent être ins-
tallés sur une paroi, dans un endroit gardé secret
par des coordonnées inaccessibles, et si on réussit, on accède à un coffre qui s'ouvre sur des
phrases de sagesse! Tout cela est plus complexe
que la combinaison d'un coffre de banque! Astucieux, pour des gens pauvres! Après avoir surmonté ces obstacles, les voleurs ne peuvent même
pas encore atteindre le butin et ils ignorent où
se cache le trésor!

— C'est dingue, cela rend fou!

— C'est exprès : ceux qui veulent savoir se
heurtent à des murs ou sont déroutés dans des
impasses. Ce labyrinthe a plusieurs entrées,
sorties, culs-de-sac, qui débouchent sur des
mots, des sentences, de la morale! La paroi est
une des sorties, il y en a peut-être d'un autre
genre! Les sages ont déployé leur imagination
pour rendre insurmontable l'accès aux richesses
tant désirées.

— Maintenant, les policiers doivent savoir?

— Non, comme je l'ai dit, d'abord il ne s'agit
pas de masques du Sénégal, mais de Guinée. Si
le village est en Guinée, plusieurs régions poten-
tielles existent; en identifier une spécifique est

plus laborieux que lorsqu'il n'y a qu'un site diamantifère. Ensuite, ce n'est pas parce que les
masques sont guinéens que le village est néces-
sairement en Guinée! Cela peut être une autre
diversion de la part des sages.

– Admettons, le village est-il menacé?

– Comme beaucoup de villages visités par
des prospecteurs. Si votre oncle a découvert le
gisement, d'autres peuvent atteindre les mêmes
résultats. Selon moi, les sages, s'appuyant sur
la solidarité des anciens du village, ont plus
d'un tour dans leur sac; l'arme ultime serait que
les sorciers jetteraient certainement une malé-
diction sur des malfaiteurs.

– Est-ce que l'oncle est mort empoisonné
par les sorciers du village?

– Non! Ça, j'en suis persuadé. Ceux qui ont
tué votre oncle en le rendant malade sont des
salauds.

– Toi, papa, tu sais le nom du village et où
il se trouve?

– Votre oncle ne m'en a révélé que le minimum. J'ai respecté son attitude. Je n'ai que des
indices.

– Tu nous les donneras un jour?

– Non, ce serait trahir mon frère, un village, une communauté.

– Mais tu peux mourir avec le secret!

– Oui, le Loup, et ce serait très bien ainsi.

– Toi, maman, tu sais?

– Rien, absolument rien, et je ne veux rien savoir. Pour vivre heureux, faut vivre caché. Heureux celui qui ignore tout.

– Papa, l'oncle t'a tout de même dévoilé le mystère?

– Quelques heures avant sa mort, il m'a fait des confidences.

– Notre tante est pauvre; un petit diamant, l'aiderait.

– Non. Elle serait malheureuse : en Afrique on respecte les morts, leur pensée, leur volonté. D'ailleurs, jamais votre tante ne m'a interrogé pour connaître le lieu où se trouvait cette fortune, ou son ampleur. Elle nous l'a écrit dans ses lettres. Ni votre cousine ni votre tante ne vous ont raconté cela. Elles pensaient que c'était à moi de vous en parler. Cela m'a pris tout ce temps pour y arriver. C'est fait. Considérez votre cousine comme votre sœur. Ne croyez pas que nous les avons négligées, pas du tout, sachez que nous avons voulu que votre oncle puisse voler de ses propres ailes, faire la paix avec son enfance, ses souvenirs. Si parfois nous pouvions sembler éloignés, c'est que chacun de nous deux, lui autant que moi, souhaitait le plein épanouissement de l'autre. Il n'y avait aucune brouille entre nous, le passé nous unissait trop pour que l'on puisse oublier les liens forgés dans la douleur et le réapprentissage de la vie. La disparition de votre oncle demeure pour moi une catastrophe. Ma peine, je l'ai masquée autant que possible. Je ne suis pas d'une génération où l'on expose son affliction sur la place publique. C'est peut-être une erreur. Ouf! Vous en savez maintenant autant que moi.

– Papa, tout ce que tu racontes est touchant et troublant, mais il reste des énigmes.

– Qu'est-ce qui te tarabuste,le Loup?

– Il y a peu, je pensais que notre oncle nous avait remis des cadeaux avec les coordonnées du supposé trésor, afin que nous rencontrions notre cousine. Plus je réfléchis, plus je me dis que notre oncle ne nous aurait pas lancés dans une aventure aussi risquée. Vous auriez fini par nous parler de notre tante et de notre cousine.

– Bien sûr. D'autre part, les coordonnées figurent sur quelques autres objets, nous l'avons vérifié dans le grenier, durant votre absence, avec la police. Selon moi, El Nan a dû prendre ses cadeaux à la dernière minute, sans se soucier des chiffres. Il ne vous aurait pas jetés dans un tel traquenard.

– Cela reste compliqué.

– Le Loup, je ne suis pas un papa-réponse. Dans la vie, il faut admettre que des questions persistent, la vie est ainsi. En recherche scientifique, on progresse parfois par petits pas, parfois par bonds. Plus tard, un document trouvé dans le grenier ou le témoignage d'un collègue nous révéleront un autre aspect de cette histoire.

– C'est frustrant!

– À ton âge, on veut des réponses rapides et précises. La réalité n'est pas toujours ainsi. Tu peux imaginer un autre scénario de sortie; pour l'instant, celui que nous avons me paraît le plus crédible. Dans deux ans, nous aurons peut-être un éclairage différent. Il faut des siècles pour découvrir certaines vérités; regarde la recherche médicale, historique, astronomique.

– Dans notre cas, c'est agaçant!

– Patience, fais comme les chats, attends, écoute, guette.

Pourquoi pas? Après tout, j'en ai tant appris en si peu de jours que je peux, pour l'instant, me contenter de notre interprétation. Surtout que je ne vois pas mieux.

– Le Loup, tu deviens sage, comme ton oncle le fut toute sa vie. Notre interprétation, aussi bizarre qu'elle peut paraître, me semble la plus plausible, selon nos connaissances.

– Dans le fond, il y a des fins provisoires ou des histoires sans fin.

J'observe les deux palmiers dans le jardin, je ne peux m'empêcher de les caresser. Ce sont les tropiques à Maisons-Alfort, ici, rue Roger François.

Portes et fenêtres ouvertes, la maison d'El Nan revit.

La chatte, suivie des chatons, inspecte les recoins en ronronnant. Je grimpe au grenier.

Là non plus, rien n'a changé. Le désordre m'impressionne. À côté de cela, notre chambre ressemble à une caserne avant l'inspection d'un général. Autrement dit, impeccable. Ici, on constate les ravages d'un cyclone.

Quelle étrange sensation que de se retrouver au point de départ! Ainsi, nous avons parcouru une boucle mouvementée, elle se referme dans le même lieu et nous enveloppe de nostalgie et de mystère.

Je feuillette les ouvrages réunis par mon oncle. J'examine ses photos, je découvre des paysages inconnus, des personnes sans nom, des maisons sans lieu. Comme j'aurais aimé connaître cet aventurier qui m'a légué un peu de lui. Dans quelques semaines ou quelques mois, son épouse et sa fille prendront possession de cette demeure. Je ne pense pas qu'elles y habiteront souvent; leur travail, leur vie est à Saint-Louis; mais, au moins, elles auront un domicile à elles, près de chez nous. Ainsi, l'Afrique me paraîtra moins lointaine. Ces trois félins, ces deux palmiers, je viendrai les voir tous les jours, afin que la maison vive!

J'ai pris l'habitude de m'asseoir dans le salon et j'y rédige ce texte, à partir de mes notes. Les chats sont heureux de ma présence et moi de la leur. Chaque jour, je viens ici après l'école, je les nourris, les caresse, on se parle. Ils dorment dans la vénérable 2 CV Citroën, dont j'ai entrouvert la porte. Là, sur les fauteuils enfoncés et rembourrés de quelques couvertures, parsemées de leurs poils, ils effectuent de grandes promenades immobiles, d'immenses randonnées, dont ils s'échappent pour jouer dans le jardin en passant par la chatière que papa a gentiment installée en bougonnant un peu! La maison et les chats m'accueillent en fin d'après-midi et m'aident à faire mes devoirs, à apprendre mes leçons, et je plonge dans les livres de mon oncle. Je suis plus proche de lui que jamais. Je rêve d'un autre Paris Saint-Louis, ou du prochain Saint-Louis Paris de notre cousine et de notre tante. La maison revit, l'oncle aussi, l'histoire continue. Cette maison est le bateau où je vogue et je reve, l'avion qui me conduit vers d'autres horizons.

J'ouvre un des livres d'El Nan, *Le Petit Prince*; mon oncle l'a lu et relu, la couverture en est usée. Peut-être parce que mon oncle a eu aussi beaucoup de pannes dans le désert, de la vie.

À la page 78, il a souligné les lignes suivantes :

« *Ce qui embellit le désert, dit le petit prince, c'est qu'il cache un puits quelque part.*

« Je fus surpris de comprendre soudain ce mystérieux rayonnement du sable. Lorsque j'étais petit garçon j'habitais une maison ancienne, et la légende racontait qu'un trésor y était enfoui. Bien sûr, jamais personne n'a su le découvrir, ni peut-être même ne l'a cherché. Mais il enchantait toute cette maison. Ma maison cachait un secret au fond de son cœur...

« Oui, dis-je au Petit Prince, qu'il s'agisse de la maison, des étoiles ou du désert, ce qui fait leur beauté est invisible! »

Et cette phrase en page 81 :

« Et le petit prince ajouta :

« Mais les yeux sont aveugles. Il faut chercher avec le cœur. »

Je reviens à la dédicace d'Antoine de Saint-Exupéry à Léon Werth : « Toutes les grandes personnes ont d'abord été des enfants. (Mais peu d'entre elles s'en souviennent.) »

Cela me rappelle une des phrases énigmatiques de mon oncle. Je consulte mes notes de voyage. Elle surgit, il avait souligné cette pensée en rouge :

« Le paradis est sous vos pieds et au-dessus de vos têtes », Henry David Thoreau (1817-1862).

C'est si vrai, on croirait des mots d'enfant, comme si l'enfant était au-dessus de l'homme! Mon oncle était resté un enfant. L'Afrique était sa jeunesse et sa maison.

Finalement, comme Thoreau, le sage africain avait raison, le trésor est parfois en nous. On va le chercher très loin, pourtant il peut être si proche!

Ce trésor est toujours vivant au fond de moi, il ne peut être extirpé. Beaucoup plus que de simples souvenirs, il est fait de certitudes.

Si je n'avais pas eu cette connaissance charnelle de l'Afrique, si je n'avais pas reçu cet héritage de ma vie avant ma naissance, que serais-je devenu?

J.M.G. Le Clézio, page 103, *L'Africain,*
Mercure de France, Paris, 2004

Table des matières

RÉFÉRENCES LINGUISTIQUES
Dictionnaire wolof-français et français-wolof,
de Jean-Léopold Diouf, Éditions Karthala, Paris,
2003
Le wolof de poche, d'après Michael Franke,
adaptation française de Jean-Léopold Diouf
et Konstantin Pozdniakov, Assimil, Paris 2001
Lexique du français au Sénégal, J. Blondé,
P. Dumont, D. Gontier, Nouvelles Éditions
Africaines, Dakar, EDICEF, Paris, 1979

Du même auteur

Aux Éditions du Vermillon

L'attrape-mouche. Récit, collection *Parole vivante*, n° 6, 1985, 128 pages

Un clown en hiver. Roman, collection *Romans*, n° 1, 1988, 176 pages. **Prix littéraire *LeDroit***, 1989

Paris-Québec. Roman, collection *Romans*, n° 4, 1992, 236 pages. **Prix littéraire *LeDroit***, 1993

Rendez-vous à Hong Kong. Roman, collection *Romans*, n° 5, 1993, 272 pages

Les chiens de Cahuita. Roman, collection *Romans*, n° 11, 1994, 240 pages

Une île pour deux. Roman, collection *Romans*, n° 13, 1995, 172 pages

Lettres à deux mains. Un amour de guerre, collection *Visages*, n° 5, 1996, 160 pages

Le Loup au Québec. Roman, collection *Romans*, n° 20, 1997, 220 pages

Paris-Hanoi. Roman, collection *Romans*, série *Jeunesse*, 1998, 232 pages, **Prix littéraire *LeDroit***, 1999

Les petites mains. Enfants du Mexique, collection *Visages*, n° 9, 1999, 96 pages

Paris - New York, collection *Romans*, série *Jeunesse*, 2002, 180 pages

Aux Éditions Mon Village (Suisse) et Vermillon

L'homme qui regardait vers l'ouest. Roman, coédition, 2002-2003, 400 pages

Aux Publications Marie et Notre Temps

Vous les jeunes! Réponses à des questions qui vous hantent (avec Paul Gay, spiritain), septembre 1999, 144 pages

Aux Éditions Le Grand Large

Les petites âmes. Récits, 2000, 176 pages

Paris - Saint-Louis du Sénégal
est le deux cent quatre-vingt-onzième titre
publié par les Éditions du Vermillon.

Composition
en Bookman, corps onze
sur quatorze
et mise en page
Atelier graphique du Vermillon
Ottawa (Ontario)
Films de couverture
Impression et reliure
Imprimerie Gauvin
Gatineau (Québec)
Achevé d'imprimer
en mars de l'an deux mille cinq
sur les presses de
l'imprimerie Gauvin
pour les Éditions du Vermillon

ISBN 1-897058-15-2
Imprimé au Canada